失踪的人（下）

卡夫卡小说全集（纪念版）

[奥] 弗兰茨·卡夫卡 著　韩瑞祥 译

人民文学出版社

Franz Kafka
Das erzählerische Werk

Der Verschollene

六 罗宾逊事件

这时有人拍了拍他的肩膀,卡尔自然以为是一位客人,急急忙忙把苹果塞进衣兜里,几乎看也不看那人一眼,直冲着电梯走去。"晚上好,罗斯曼先生!"这人随之说道,"我是罗宾逊。""你可变样了!"卡尔说着摇了摇头。"是的,我现在混得挺不错。"罗宾逊一边说一边往下看着自己的那身打扮。这身打扮用的也许都是些精美的东西,但如此拼凑在一起,看上去简直寒碜极了。最惹人注目的是一件显然初次穿在身上的白色坎肩,上面有四个黑边口袋,罗宾逊始终挺着胸膛,试图引起人们对这坎肩的注意。"你穿的可都是些高档的衣服。"卡尔说,不禁想起自己那件朴素而漂亮的上衣。要是把它穿在身上,他甚至不会比勒内尔逊色。恨只恨这两个人太不够朋友,硬是把它给卖掉了。"是的,"罗宾逊说,"我几乎天天都为自己买点什么。你看这坎肩怎么样？""棒极了。"卡尔应道。"但这实际上不是口袋，只是做成这个样子而已。"罗宾逊说着抓住卡尔的手叫他摸摸，让他相信这是真的。但卡尔把手缩了回去，因为从罗宾逊的口里喷出一股不堪忍受的烈酒味儿。"你又喝多了。"卡尔说完又站到栏杆旁去了。"没有，"罗宾逊说，"没喝多少。"接着，他一反自己先前那心满意足的神态补充说："这人活在世上不喝酒还有什么意思呢。"有人来乘电梯，打断了他们的谈话。卡尔刚一回到楼下，又有电话打来了，说是一位住在八层的女士昏厥过去了，要他去接饭店大夫来。一路上，卡尔暗暗地期盼着罗宾逊在这期间会走开，他不愿意让人看到他和他在一起。他想起特蕾泽的告诫，也不想听到德拉马舍的任何情况。但醉醺醺的罗宾逊依然僵直地等候着。这时，恰好有一位身穿礼服、头戴大礼帽的饭店高级职员打这里路过，值得庆幸的是他好像没有特别留意罗宾逊。"罗斯曼,难道你不想去我们那里看看?我们现在过得挺自在的。"罗宾逊边说边投以诱惑的目光端详着卡尔。"是你邀请我呢,还是德拉马舍?"卡尔问道。"我和德拉马舍,我们俩都有这个意思。"罗宾逊说。"那我就告诉你,并请你转告德拉马舍:我们的告别是最终的告别。如果说这事当初还模棱两可的话,现在我就给你彻底说个明白。你们俩给我造成的痛苦比任何人都多。难道你们打定了主意,继续让我不得安宁吗?""我们毕竟是你的同伴。"罗宾逊说着眼里噙上了令人作呕的醉鬼的泪水,"德拉马舍让我告诉你,他要向你赔偿过去的一切。我们现在同布鲁纳尔达住在一起。她是一位出色的女歌手。"紧接着,他就要扯开嗓子唱一首歌,亏得卡尔及时地"嘘"住了他:"你现在可别吱声了。难道你不知道你这是在哪儿吗?""罗斯曼,"罗宾逊只是因为考虑到唱歌的事而怯生生地说,"我毕竟是你的同伴,你要说什么,就尽管说吧。现在,你在这儿有这样一个美差,想来可以赐给我几个钱花吧。""给了你,无非又是拿去酗酒挥霍了。"卡尔说,"我现在就看见您的口袋里装着个酒瓶子,我离开这会儿,你准保又喝了。你刚来时还相当清醒。""当我上路的时候,喝酒不过是用来提精神的。"罗宾逊抱歉地说。"我真不敢相信你会变好。"卡尔说。"可是钱呢?"罗宾逊瞪大眼睛说。"你准是受德拉马舍的指使,让你拿钱回去。好吧,我给你钱,但是有个条件,你得马上离开这儿,永远别再到这里来缠我。如果你要告诉我什么事,就给我写信。地址是:卡尔·罗斯曼,电梯工,西方饭店。这样写就行了。我再说一遍,不许你再上这儿来找我。我在这里要上班,没有时间接待来客。你愿意接受这个条件拿钱吗?"卡尔问道,手随之伸进坎肩口袋里,他已经打定主意舍弃今晚得到的小费。对卡尔的问话,罗宾逊只是点了点头,艰难地喘着气。卡尔没有理会他的意思，便又一次问道："行，还是不行？"

这时，罗宾逊示意让卡尔到自己跟前来，嘴里十分明显地吞来咽去，低声说："罗斯曼，我感到好恶心。""见鬼去吧！"卡尔脱口而出，两手把他拖到栏杆前。

就在这时，罗宾逊吃进去的东西从他的口里一下子直喷到天井的深处。在他呕吐的间歇，他显出一副无可奈何的样子，盲目地向卡尔摸过去。"你确实是个好小子。"他然后说，或者："简直太不像话！"这样说还远远算不了什么，或者："那帮狗东西，不知他们在那儿给我灌了些什么玩意！"不安与恶心使卡尔无法在罗宾逊身旁忍受下去，他开始走来走去。罗宾逊的身子被稍稍遮掩在电梯旁边的角落里，可一旦有人发现了他，怎么办呢？要么是让那些神经过敏的阔佬中的某个人看见了，他准会向赶来过问的饭店头头提出抗议。这家伙便会以此为由，气急败坏地拿饭店里所有的人问罪。那些阔佬们无时不在寻找机会抗议这抗议那。要么就是那些不断更换的饭店密探中的某一个会打这里经过。除了饭店领导，没有人知道哪个是密探。因此，谁只要投以审视的目光，也许只是出于近视，谁就会被看做是密探。楼下面，修缮工作通宵不停地进行着。这时，只要有人进了储藏室，就会吃惊地发现天井里那堆令人作呕的东西，并且打电话问卡尔上面究竟发生了什么事。难道卡尔可以否定这是罗宾逊干的吗？如果他这样做的话，这个干了蠢事而处于绝望中的罗宾逊非但不会表示一点歉意，反而会把卡尔牵连进去。于是闻所未闻的事发生了：一个电梯工，一个在这家饭店那庞大的工役等级中处于最低层的、可有可无的工役，让他的朋友玷污了饭店，惊动甚或吓跑了客人。卡尔因此不就肯定会马上被炒鱿鱼吗？人们还能容忍一个结交这样的朋友而且在上班时间让他们来拜访的电梯工吗？难道这还不足以让人觉得这个电梯工自己好像就是个酒鬼，甚或心怀鬼胎的人吗？人们便会猜测，他是拿这饭店的东西供他的朋友尽情吃喝，直到他们醉得在这个保持得一尘不染的饭店里随便呕吐，就像现在的罗宾逊一样。难道还有什么比这更显而易见的猜测吗？而像这样一个电梯工，他怎么会只限于偷窃食物呢？这里有的是行窃的机会：客人们疏忽大意，柜子到处敞开着，贵重物品散落在桌子上，首饰盒大开着，钥匙随意丢下，实在举不胜举。

　　远处，卡尔正好看见客人们从一个地下酒吧走上来。那里刚刚结束了一场游艺演出。卡尔站在他的电梯前，根本不敢朝罗宾逊转过去，他害怕自己看到可能看到的情景。那儿没有传来什么响动，更听不到有叹息声，这使他的心绪稍稍平静下来。他虽然伺应着他的客人，载着他们上上下下，但却无法完全掩饰自己心不在焉的惶恐。每当电梯下去时，他随时都准备着面对一场令人难堪的意外。

他终于又有了时间去看看罗宾逊。罗宾逊蜷缩在那个角落里,把脸压在膝盖上。那顶硬邦邦的圆礼帽从额头被推到了脑后。"你现在该走啦。"卡尔低声而坚定地说,"这是钱,如果你赶快走的话,我还能指给你走条近路。""我没法走了。"罗宾逊说着用一条小手帕擦了擦额头,"我会死在这里。你想象不出我有多难受。德拉马舍带着我到处进出高级饭店和酒馆,但我天天都对他说,我受不了那过分敏感的贱货。""这儿你反正是不能呆了。"卡尔说,"你倒想想你这是在什么地方!要是人家在这儿看见你,你会受到惩罚的,我也免不了丢掉饭碗。难道你愿意这样吗?""我走不成啦。"罗宾逊说,"我宁可从这儿跳下去。"他随手指着栏杆之间的天井。"我就这样坐在这儿,还勉强受得了。但我没法站起来,你不在的时候,我已经试过了。""那我叫辆车来,送你到医院去。"卡尔说,并摇了摇罗宾逊的腿,因为这家伙时刻都会彻底陷入不省人事的境地。然而,"医院"这个词似乎勾起了他可怕的想象,他刚一听到这个词儿,顿时号啕大哭起来,两手向卡尔伸去,乞求可怜。

"别出声!"卡尔说,轻轻地把他的手拍了下去。接着,他跑到自己给顶过夜班的那个电梯工跟前,请他同样帮忙代劳一会儿,又急急忙忙回到罗宾逊身边,使尽全身力气,把这个仍在抽泣的家伙提了起来,小声对他说:"罗宾逊,如果你愿意要我来照料你的话,那你现在就必须鼓起劲来,直着身子走几步路。也就是说,我领你去睡到我的床上,你在那儿可以一直呆到感觉好了的时候。你很快会恢复过来的,你自己都会为此感到惊讶。不过你现在的一举一动必须理智些,走廊里到处都有人,而且我的床是在一个集体宿舍里。如果有人哪怕是稍微留意上了你,那我可就再帮不上你什么了。你一定要睁着眼睛,我不能把你当个垂危的病人牵来牵去。""你觉得怎么合适我就怎么做。"

罗宾逊说,"可你一个人是弄不动我的。你能不能再把勒内尔叫来呢?""勒内尔不在这儿。"卡尔说。"哎,对了,"罗宾逊说,"勒内尔同德拉马舍在一起,是他们俩派我来请你的。我把什么都搞糊涂了。"卡尔趁着罗宾逊含混不清自言自语地说这说那的机会推着他向前走去,同他一起幸运地来到了一个拐角,从这里有一条灯光昏暗的走廊通往电梯工的集体宿舍。这时一个电梯工急匆匆地迎着他们奔过来,打他们身旁跑了过去。再说,直到这会儿,他们还没有遇到过让他们提心吊胆的人。从四点到五点期间,可以说是最清静的时候。卡尔准保知道,要是他现在把罗宾逊弄不走的话,一到拂晓和交接班的时候,那根本就别再想了。

宿舍大厅的另一边正闹得热火朝天,也许是在举行别的什么活动,有节奏的鼓掌声、激动不已的跺脚声和运动场上似的喊叫声响成一片。在靠门的这一边,只有几个不为所动的人睡在床上。他们大都仰面躺着，两眼呆呆地盯着天花板。不时有人从床上跃起来，想看看宿舍那头闹腾的场面，有的穿着衣服，有的还没有顾得上穿衣服。这样，卡尔几乎神不知鬼不觉地把此时慢慢又可以走路的罗宾逊安顿在了勒内尔的床上。这张床离门很近，幸好也空着。卡尔打远处就看见自己的床上静静地睡着一个陌生的小伙子。罗宾逊一倒在床上，马上就睡着了，一条腿摇晃着吊在了床边。卡尔将被子深深地盖到他的脸上，满以为自己往后这段时间至少用不着担心了，以为罗宾逊肯定不会在六点前醒来。到了那会儿，他就会回到这儿，然后或许可以同勒内尔商量个办法把罗宾逊弄走。只有在特殊情况下，上面才会派人来检查宿舍。几年前，电梯工经过多方努力，以前那种例行检查已经取消了。因此，也用不着担心有人来检查。

当卡尔再回到他的电梯前时，发现它已经

同相邻的那部恰好都上去了。他忐忑不安地等待着，想知道这究竟是怎么回事。他的电梯先下来了，刚才打走廊里跑过去的那个小伙子从里面走出来。"罗斯曼，你究竟上哪儿去了？"这小伙子问道，"你为什么擅离职守？为什么连个招呼也不打？""可我给他说过了，要他帮我顶一会儿。"卡尔回答说，指着相邻电梯的那个小伙子，他正好朝这边走过来，"在最繁忙的时候，我也替他顶过两个钟头班。""这一切都无可非议。"这个前来搭上话的人说，"但这还是不够的。难道你不知道上班期间不得擅离职守，哪怕离开一时半刻也得向总管办公室报告吗？这儿有的是电话，就是供你派这个用场的。我倒很乐意替你顶班，但是你要知道，这可不是那么随随便便的事。正好乘坐四点三十分特快列车新来的客人站在两部电梯前，我当然不可能先跑到你的电梯前，让我的客人等着，于是就先开着我的电梯上去了。""是吗？"卡尔看着这两个小伙子不言语了,便神情紧张地问道。"是这样,"相邻电梯的小伙子说,"这时,正好总管打旁边经过,看见你的电梯前站着客人没人管,一下子火冒三丈,问我你去哪儿了。我马上跑过来回话,你人在哪里,我一点也不知道,你压根儿就没告诉我你去哪儿。他马上就给宿舍打电话,叫立刻另来一个人。""我还在走廊里碰见了你。"这个顶替卡尔的人说。卡尔点了点头。"当然,"相邻电梯的小伙子申明说,"我马上就告诉他,你请我替你代班,可他哪里听得进这样的理由呢!你可能还不了解他。我们得转告你,你应该马上去办公室。你最好别再耽搁时间了,快去吧。或许他还会原谅你,你确实离开不过两分钟而已。你只管心安理得地把我端出来吧,说你请我替你代班。你最好别提你替我上班的事。听我的劝告吧,我倒不会被怎么样,因为我得到了许可。即便你把前后两件毫不相干的事情搅和在一起说,也是没有什么好处的。""我这是第一次离开自己的岗位。"卡尔说。"说归这么说，只是人家不会相信。"这小伙子说着向他的电梯跑去，因为有人走近电梯。卡尔的替班人是一个十四岁左右的小伙子，他显然对卡尔抱以同情。他说："曾经发生过许多这样的事情，大家都被宽恕了。通常是调你去干别的工作。就我所知，因为这样的事被开除的只有一个。你一定要想出一个合情合理的、能够得到宽恕的理由来。千万可别说你突然感到不舒服，那样人家会取笑你的。你就干脆说，一位客人让你去给另外一位客人转达什么紧急口信，而你记不起来第一位客人是谁，第二个客人也无法找到。""好吧，"卡尔说，"事情不会这样糟糕吧。"然而，按照他所听到的一切，他不再相信事情会有好的结局。即使这工作上的失误会被谅解了，但躺在宿舍里的罗宾逊则是他活生生的罪证，而那个性情暴躁的总管肯定不会善罢甘休，敷衍了事。罗宾逊终归还会被搜查出来。当然，没有什么明文禁令说不许把陌生人领进集体宿舍。但这种禁令之所以不存在，恰恰是因为不可想象的东西是禁止不了的。

当卡尔走进总管的办公室时，这人正坐在那里喝咖啡。他喝上一口咖啡，回头又看一看摊在面前的名册。这名册显然是那位同样在场的饭店门卫长送给他审定的。总管是个彪形大汉，他那身装扮得富丽奢侈的制服——从肩膀到手臂上还盘绕着金链和金边——使他显得比天生的身量更加魁梧。一把闪亮的黑胡须捋得尖尖的，就像是匈牙利人留的胡须一样，即使脑袋转动得再快，胡须也纹丝不动。再说由于衣服的累赘，这人行动十分迟缓，挺起身来两腿不得不向两边叉开，以便切实分摊身体的重量。

卡尔无拘无束匆匆忙忙地走了进去。他在饭店已经养成了这样的习惯，因为稳重谨慎一向被视为人际交往的礼貌，但要放在电梯工身上却被看成是懒惰。另外，他也不能一进门，就让人马上看出他的负罪心理。总管虽说朝着打开的门匆匆瞥了一眼，但马上又回过头去喝他的咖啡，看他的名册，不理睬卡尔。但那个门卫长也许觉得卡尔的出现干扰了他，也许他有什么秘密消息或请求要报告，无论怎么说，他不住地硬是扭着脑袋，两眼恶狠狠地向卡尔瞪去。当他的目光显然如愿以偿地跟卡尔的目光撞到一起时，便又扭头转向总管。但卡尔认为，既然他现在已经来了，没有总管发话，他又离开办公室，似乎是不大明智的。可这家伙依然仔细地查看着名册，同时享用着一块糕点，不时地甩去撒在上面的糖，一刻不停地看着他的东西。一瞬间，有一张表格掉在地上，门卫长丝毫也没有要捡起来的意思，他知道这不是他干的事，也没有这个必要，因为卡尔已经走上前去，拾起表来递给总管。总管随手拿去卡尔递来的表格，仿佛表格是自己从地上飞起来的。这微不足道的效劳丝毫无济于事,门卫长依然一点也不收敛他那凶神恶煞的目光。

尽管这样,卡尔比先前更冷静了。他的事情在总管看来好像无关紧要。这可以看作是个好兆头。这事也毕竟只能这样去理解。当然,一个电梯工根本就算不了什么,因此绝对不允许擅自行事。可恰恰因为他算不了什么,所以也就不可能干出什么大不了的事来。总管自己年轻的时候毕竟也当过电梯工,——还算是这一代电梯工的骄傲呢。正是他,率先把这些电梯工组织起来的。他肯定也有过未经允许擅离职守的时候,即便现在不会有人逼迫他回首过去;即便人们也不能不顾及到,正因为他当过电梯工,所以他认为自己的职责,就在于通过一种毫无容情的严厉态度来维持这个现状。除此以外,卡尔现在却寄希望于时间的推移。办公室的挂钟已经过了五点一刻。勒内尔随时都可能回来,也许他现在已经回来了,因为罗宾逊没有回去，肯定会引起他的注意。另外，德拉马舍和勒内尔可能就呆在离西方饭店不远的地方。卡尔突然想起来，要不是罗宾逊这般神魂颠倒的样子，他怎么会找到来这儿的路呢。如果勒内尔现在在他的床上遇上罗宾逊，这肯定是免不了的，那一切便迎刃而解了。事实上，像勒内尔这种人，尤其一旦涉及到他自身的利益，他就会想方设法，马上把罗宾逊从饭店里弄走。这期间，罗宾逊已经稍微恢复了精神，要弄走他倒更容易些。再说，德拉马舍可能就在饭店前迎候着罗宾逊呢。只要罗宾逊被弄走了，卡尔便可以更加冷静地来对付总管。这次也许还能幸免被开除的危险，虽然逃不了一顿严厉的训斥。然后，他会去同特蕾泽商量，要不要把实情告诉厨房总管。在他看来，这不会有什么障碍的。如果可以这样做的话，事情就算顺顺当当地了结了。

卡尔这样思来想去，心绪稍稍平静一些，

开始悄悄地把昨晚收到的小费再点一遍。凭他的感觉，昨晚的小费似乎特别可观。这时，总管把名册放到桌上说："请你再等片刻，费奥多尔！"他突然暴跳起来，冲着卡尔大声叫喊，吓得他目瞪口呆，只是直愣愣地望着那黑洞洞的大口。

"未经允许擅离职守，你知道这意味着什么吗？意味着解雇。我不愿意听任何要求宽恕的理由，你编造的借口就留给你自己吧。事实上，你不在岗位上，我看这就足够了。要是我容忍和宽恕了你这一次，以后所有四十个电梯工都会在上班期间跑开的，那我不就得独自把我的五千客人一个一个地背上楼去吗？"

卡尔一声不吭。门卫长靠近卡尔，把卡尔起了几道褶皱的上衣稍稍向下扯了扯，无疑是要提醒总管特别去留意卡尔不大讲究工作制服的整洁。

"也许是你身体突然感觉不舒服了？"总管

狡黠地问道。卡尔用审视的目光打量着他,回答道:"不是。""这么说你一点儿也没感觉到不舒服?"总管越发厉声地喊道,"那你肯定是编造出了什么精彩的谎言吧,快快说出来!你要求宽恕的理由是什么呢?""我不知道一定要打电话请求准许。"卡尔说。"真是滑稽可笑!"总管说着抓住卡尔的衣领,把他几乎摇摇晃晃地拖到钉在墙上的电梯操作规程前。门卫长也跟在他们后面走过去。"你念一念这是什么!"总管指着其中一条说。卡尔以为要他自己默默地看一下就是了。然而,总管却命令说:"大声念!"卡尔没有大声念,而是解释道,希望借此使总管快些冷静下来:"这条我知道,这操作规程我也有,并且细细读过。可偏偏这一条从来也用不上的规定给忘记了。我已经干了两个月了,从未离开过自己的岗位。""因此你现在离开了它。"总管说毕走到桌子跟前,又把那名册拿到手里,好像要继续看下去。然而,他却把名册拍到桌子上,犹如一张毫无用处的废纸,接着在屋子里踱来踱去,额头和面颊涨得通红。"就因为这样一个捣蛋鬼非得让人如此折腾不可!闹得夜班一片沸沸扬扬。"他气得连连发出这样的喊叫。"你知道不知道,当这个家伙离开电梯后,是谁要上楼去吗?"他转过身去问门卫长,说出了一个名字,门卫长听到后打了个寒战,因为他肯定认识所有的客人,能够掂量出他们的轻重。于是他匆匆地朝卡尔瞟了一眼,仿佛只有卡尔的存在,才能证实叫那个名字的人不得不在一部操作工跑得无影无踪的电梯前白白地等候良久。"这简直太不像话了!"门卫长一边说,一边似乎不敢相信地冲着卡尔直摇脑袋,显出一副无限担忧的神情。卡尔忧伤地看着他,寻思着自己也得为这家伙的蠢笨而遭殃。"再说我也早就认识你。"门卫长说着伸出他那粗笨僵直的大拇指,"惟独你一个从来就不向我打招呼。你究竟有什么好自以为是呢!每个打门房经过的人都得跟我打招呼。对其他门卫你可以为所欲为，但我要的是打声招呼。有时候，我虽然装作不留意的样子，但你却完全觉得若无其事。而谁同我打没打招呼，我心里一清二楚。你这个无赖！"然后，他撇开卡尔转过身，趾高气扬地朝着总管走过去。但总管并没有就门卫长的话发表自己的看法。他结束了自己的早点，翻阅起侍从刚才送到办公室的一份晨报。

"门卫长先生，"卡尔说，趁着总管不留意的时候至少想澄清门卫长的非难，他理会到，门卫长的责难也许不会伤害他什么，倒是他的敌意不可小看，"完全可以肯定，我一直都同你打招呼。我出身于欧洲，来美国的时间还不长，人所共知，在那里，人们的相互问候多得远远到了不必要的地步。这个习惯我当然还不会完全丢掉的，而且就在两个月前，我在纽约有幸跟上流社会交往，人们每次都劝我别再拘泥于那过多的礼节。而在这里，我偏偏就会不向你打招呼。我每天都向你打过几次招呼，当然不是每次见到你都打招呼，因为我天天打你身旁要经过上百次。""你每次都必须向我打招呼，一次也不能例外；你同我说话的时候，必须把帽子拿在手里；你必须任何时候都要用门卫长来称呼我，而不能用你。每次都得这样，少一次也不行。""每次？"卡尔小声而疑惑不解地重复道。这时，他想起来这儿的前前后后，这个门卫长始终以严厉而充满责备的眼光看着他，打第一天早晨就开始了。当时他还不太怎么适应自己的服务工作，也有点太冒失，毫无顾忌不厌其烦地询问这门卫长，是否有两个男人来打听过他，并为他留下了一张照片。"你现在该看到了，这样的行为招致了什么样的后果吧。"门卫长说着又回到卡尔的面前，指着依然在看报的总管，仿佛总管就是他复仇的代理人，"你以后无论干什么事，哪怕也许只是在低劣的贫民窝里,都要懂得应该向门卫长打招呼。"

卡尔意识到,他的饭碗真的已经丢掉了,因为总管已经宣布了解雇,门卫长又当作既成事实重申了一遍。解雇一个电梯工,可能也没有必要经过饭店领导批准,不过这事来得比他想象得要快。他毕竟尽职尽责地干了两个月,而且肯定比有些电梯工干得好。但偏偏在决定命运的时刻,发生了这样的事。显然在世界的任何一个角落,无论是在欧洲还是在美国,没有人会考虑到这种情况。而最终的判决不过是有人在盛怒之下信口说出的。他马上告辞离开,也许是上策。厨房总管和特蕾泽也许还在睡觉,他可以写信向她们告别,至少免得当面告别使她们对他的行为感到失望和伤心。他可以马上打理好自己的箱子悄悄地走开。可他哪怕只是再呆上一天 —— 他当然需要睡一会儿 ——,等待着他的也不会是别的,而是他的事被沸沸扬扬地炒成丑闻。他将面临来自方方面面的指责,他不忍心看到特蕾泽甚或厨房总管潸然泪下，最后可能还要受到惩罚。另一方面，他却被弄得迷惑不解。他在这儿面对着两个敌人，他每说一句话，不是这个便是那个，总是百般指责，借题发挥。因此，他缄默不语，暂且享受着笼罩在这房间里的宁静。总管依然看着他的报纸，门卫长则按照页码整理着散乱在桌上的名册。他眼睛显然不好，整得很是费劲。

总管终于打着哈欠放下手里的报纸，朝卡尔瞥了一眼，看到他还没有走开，便摇响桌上的电话。他连连喊了几声"喂"，但对方没人回话。"没人接。"他对门卫长说。卡尔觉得，这家伙怀着异常的兴致在关注总管打电话。他说："已经六点差一刻了。她肯定醒来了。你只管把铃摇得更响些。"就在这时，没等总管再去摇，对方电话来了。"这儿是总管伊斯巴里，"总管说，"早晨好，总管夫人。我不该这么早就把你吵醒。这叫我很难为情。说的也是，已经六点差一刻了，不过，惊醒了你，这实在叫我过意不去。你睡觉的时候应该把电话机关掉。不用，真的不用，我看没有什么好抱歉的，尤其是我要同你谈的事也不足挂齿啊。可我当然有的是时间。请便吧。你觉得合适的话，我等着你的电话。""她肯定是穿着睡衣来接电话的。"总管微笑着对门卫长说。这期间，门卫长一直俯着身子急不可待地守候在电话机旁。"确实是我把她吵醒了。也就是说，平日都是那个在她身边打字的小姑娘叫醒她，可她今天却偏偏忘了叫她。真遗憾，我不该把她从睡梦中惊醒，她又少不了发神经。""她为什么不说话了？""她去看一看那姑娘是怎么回事。"这时电话铃又响起来了，总管拿起听筒回答道。"她会冷静下来的，"他继续对着话筒说，"你大可不必让什么事都闹得这样惶恐不安，你确实需要彻底养一养。是啊，我这有点小事要问问你。这儿有一个电梯工，名叫……"—— 他转过身去问卡尔。这时，卡尔十分留意听着总管的电话，马上就报出了自己的名字——"名叫卡尔·罗斯曼。如果我没有记错的话，你曾经关心过他。可遗憾的是，他没有珍惜你这份真情，擅自离开自己的岗位，给我惹来了严重的、现在还根本无法估量的麻烦。因此，我刚才解雇了他。我希望你别把这事看得太严重。你说呢？解雇，是的，解雇。可我还得告诉您说，他是擅离职守。不，我实在不能依你，亲爱的总管夫人，这关系到我的威信，不然后患无穷。不能让这样一个年轻人害了我一群人。恰恰在处理电梯工时，要极其慎重。不，不，在这件事上，我可帮不了你的忙，尽管我向来打心底里很愿意为你效劳。如果我不顾一切把他留在这里的话，那不就等于为我的工作埋下了一个隐患吗？为了你，总管夫人，他不能呆在这里。你关心他，但他根本不识好歹。我不仅了解他，而且更熟悉你，我知道，这势必会使你彻底失望的，我要不惜一切让你免受这种痛苦。我说的完全是肺腑之言,尽管这个不思悔改的家伙就站在我面前几步远的地方。他被解雇了。不,不,总管夫人,彻底被解雇了。不,不,他不会被安排去干任何别的工作,他彻底无用了。另外,别的人也少不了来告他的状,比如说门卫长吧。费奥多尔,你说难道不是吗?他就抱怨这家伙无礼少教,狂妄自大。怎么,这还不够吗?好啦,亲爱的总管夫人,你可别因为这个家伙连自己都否定了。不,你别再这样强求我。"

这时,门卫长躬身贴到总管的耳旁,悄悄说了些什么。总管先是惊愕地看了看他,然后又很快地对着话筒说话。卡尔开始没能完全听清楚,于是踮起脚尖挪近了两步。

"亲爱的总管夫人,"总管说,"恕我直言,我简直不敢相信,你看人是如此缺乏眼力。刚才我又得到一些有关你那小宝贝的情况,你听到后会彻底改变你对他的看法。这话偏偏得由我来告诉你，几乎叫人难以启齿，也正是这个你称之为安分守己的榜样、聪明能干的家伙没有一个轮休的晚上不进城的，而且直到一大早才回来。是的，是的，总管夫人，这里有人作证，证据确凿，不会错的。你也许能告诉我，他哪儿弄来的钱去寻欢作乐呢？他怎么会把精力放在自己的工作上呢？你也许还要我给你细说他在城里干些什么吗？但我现在特别急于要让这个家伙滚开，越快越好，而且请你引以为戒，应当谨慎对待求上门来的流浪汉。"

"可是，总管先生！"这时卡尔喊道，显然松了一口气，看来这里所发生的完全是一场误会，也许这很可能使一切又出乎意料地发生转机，"这里肯定是把人弄错了。我相信，这位门卫长先生告诉你我每天晚上外出。可这根本不是事实。其实我没有一天晚上离开过宿舍，所有的电梯工都可以作证。我不是睡觉，便是学习商业课本，晚上从未出过宿舍的门。这是很容易证实的。门卫长先生显然是把我同别的人搞混了。现在我也明白了,他为什么以为我不向他打招呼。"

"快闭上嘴!"门卫长说,并挥舞着拳头,而此刻要是放在别人,他不过是晃晃指头而已,"说我把你同别的人搞混了。如果说我把人搞错了,那我还当什么门卫长呢?你听听,伊斯巴里,如果说我真的把人搞错了,那我就不配再当这个门卫长了。我干了三十年,从来还没有发生过搞错人的事。从那时起,我们有过上百个总管,他们肯定都会替我说话的。难道偏偏到了你这个糟糕透顶的家伙,我开始弄错人了。就看看你这副招人注意的滑头样子,究竟会让人弄错什么呢?你可以天天晚上擦我身后溜进城里去,我仅凭着你这副面孔就可以证实,你是一个地地道道的流氓。"

"别说啦,费奥多尔!"总管说,他同厨房总管的电话似乎突然中断了,"这事十分明了。首先，问题根本不在于他的夜间娱乐。他也许想在离开之前，图谋挑起对他夜间活动进行一次兴师动众的调查。我早就想到，这样做会正中他下怀。所有四十个电梯工都有可能会被一个个地传唤上来充当证人，当然他们也都会把他弄错了。这样一来，整个饭店的人员都要一一出场作证，饭店的运行自然要停一阵子。如果他最终还是被撵了出去，那他至少把我们戏弄了一番。这样的事我们宁可不干。厨房总管这个善良的女人，已经被他愚弄了，这就够了。我什么再也不想听了，你因失职被当场解雇了。我给你一份通知交给财务室，你的工资发到今天为止。另外，我只能在这里告诉你，就你的态度而言，这简直是白送给你的，我只是看在总管夫人的面上才这样做的。"

当总管马上要在通知上签名时，电话铃响了。"这帮电梯工今天就是给我找麻烦！"他没听几句话后就喊了起来。"这简直太不像话了！"

他过了一会儿又喊道,接着从电话机旁转向门卫长说:"费奥多尔,把这家伙看管一会儿,我们还有话同他说。"然后他对着话筒发出命令:"立刻上来!"

现在,门卫长总算捞到了总管说话时自己没能得逞的发泄机会。他紧紧地抓住卡尔的上臂,但不是那么稳稳当当地、让人还能忍受地抓着,而是不时地松开手,然后又紧上加紧,越抓越紧,似乎那强大的体力根本就使不完。卡尔的眼前出现一片昏黑。他不仅抓着卡尔,而且好像也奉命同时要制服他。他不时地把卡尔提得高高的,使劲地摇晃着,同时一再半是提问似的对总管说:"看我现在是不是把他弄错了? 看我现在是不是把他弄错了?"

当电梯工工头走进来时,稍稍分去了门卫长的注意力,卡尔一时得到了解脱。工头名叫贝斯,一天到晚总是骂骂咧咧的样子。卡尔被折磨得软瘫了似的。他吃惊地看见特蕾泽面色苍白、衣着不整、头发蓬乱地从贝斯身后溜进来时,几乎连打招呼的气力都没有了。她来到他身旁,悄悄地问道:"这事总管夫人知道吗?""总管给她打电话说了。"卡尔回答说。"这就好,这就好。"她很快地眨着那机灵的眼睛说。"不,"卡尔说,"你还不知道他们怎样对待我。我必须离开,总管夫人也已经被说服了。请你别呆在这里,快上去吧,我过后会去同你道别的。""可是,罗斯曼,你净瞎想些什么呀!只要你愿意,你就会好好地呆在我们这里。总管对总管夫人百依百顺,他爱着她,这是我最近偶然听到的。你只管放心吧!""特蕾泽,请你现在就走开吧。如果你在场的话,我就不能很好地为自己辩护。我一定要辩个水落石出,因为有人撒谎诬陷我。但我越是专心致志,就越能很好地为自己辩护,也就越有希望留下来。这么说,特蕾泽——"可惜一阵突然的疼痛使他忍不住低声补充道:"只要这门卫长能松开我就谢天谢地了!我压根儿就不知道他竟是我的敌人。但他始终在捏着我,拽着我。""我干吗要说这些呢?"他同时心里嘀咕着,"没有一个女人会静心地听这话的。"实际上,卡尔还没有来得及用空着的手去拦住她,特蕾泽已经转身对门卫长说:"门卫长先生,请你马上放开罗斯曼。你弄得他疼痛难忍。总管夫人马上会亲自来的,到时大家都会看到,他完全是蒙受了不白之冤。你放开他!你这样折磨他,究竟会给你带来什么乐趣呢?"说完,她甚至去抓门卫长的手。"奉命,小姐,这是奉命!"门卫长一边说,一边用空着的手把特蕾泽亲亲热热地拽到自己身边,而另一只手甚至更使劲地捏着,好像他不仅要给卡尔带来痛苦,而且似乎还要拿这只随意玩弄于自己手中的胳臂达到一种特别的、现在还远远没有达到的目的。

特蕾泽费了好一阵工夫,才挣脱了门卫长的搂抱。总管依然听着贝斯啰啰嗦嗦地述说着。

特蕾泽打算去找总管为卡尔鸣不平。这时厨房总管跨着急速的步子进来了。"谢天谢地！"特蕾泽喊了起来。片刻间，屋子里听到的莫过于这大声的喊叫。总管马上挺起身来，把贝斯推到一旁说："你居然亲自来了，总管夫人。就为这区区小事吗？刚才通过电话后，我就预感到了，但我不相信你真的会来。在这期间，你这位宝贝的事愈演愈糟糕了。恐怕我确实不会解雇他了，但取而代之的是，我要叫人把他关起来。你自己听听吧！"他随之示意让贝斯过来。"我想先同罗斯曼说几句话。"厨房总管说，在总管一再规劝下，她坐到一把靠背椅上。"卡尔，请走近点！"她接着说。卡尔依着她走去，或者更确切地说，他是被门卫长拖到她近前的。"你放开他！"厨房总管生气地说，"他又不是什么抢劫犯！"门卫长这才真正放开了他，但在松开手之前，又狠狠地捏了卡尔一把，累得他自己眼泪都流出来了。

"卡尔,"厨房总管说,从容不迫地把手抱在怀里,侧倾着脑袋,端详着卡尔,根本就不像审问的样子,"我首先要告诉你,我还是完全信任你的。说心里话,总管先生也是个正直的人。我们俩打心底里想把你留在这儿。"—— 说到这里,她匆匆地朝总管扫了一眼,似乎要请他别插话。总管也没说什么 —— "也许大家刚才在这里给你说了些什么,千万别放在心上。首先也许是门卫长先生说了些什么,你不必过分计较。他虽说是一个容易激动的人,这在上班时也不足为奇,但他也有妻子儿女,知道人们没有必要无缘无故地折磨一个无依无靠的小伙子,而是希望这样做足以让其他人引以为戒。"

屋子里鸦雀无声。门卫长朝总管望去,意在要求予以解释。而总管却朝厨房总管望去,摇了摇头。电梯工贝斯在总管身后幸灾乐祸地笑得相当无聊。特蕾泽悲喜交集,暗暗地抽泣起来,尽力克制着不让任何人听见。

然而，卡尔并没有朝着肯定在期待着他的目光的厨房总管望去，而是盯着眼前的地板，尽管这只能被看作是不祥的征兆。疼痛从他的手臂上传到浑身各个地方，衬衣紧贴在伤痕上，他真恨不得脱下上衣，仔细地看个明白。厨房总管说的一席话当然是一片好意，但偏偏他觉得，似乎正好是厨房总管的态度把一切都披露在光天化日之下：他不值得人家善待；他辜负了厨房总管两个月的恩惠；他只配充当任门卫长宰割的玩物。

"我说这话，"厨房总管接着说，"是要让你现在不折不扣地、就像我相信了解的你一样来回答我，除了这件事以外，你是不是还干了别的什么事。"

"请允许我去叫个医生来，那个人可能会流血死去。"电梯工贝斯突然插话进来，虽说很有礼貌，但大大地扰乱了厨房总管的谈话。

"去吧！"总管冲着贝斯说。贝斯撒腿就跑

开了。然后,他对厨房总管说:"事情是这样的:门卫长刚才看管这家伙并不是闹着玩的。也就是说,下面电梯工宿舍里,发现了一个完全陌生的醉汉盖得严严实实地睡在一张床上。有人把他叫醒了,要撵他走。这时,那家伙开始大吵大闹起来,不停地四处大喊大叫:这宿舍是卡尔·罗斯曼的,他是罗斯曼的客人,是罗斯曼领他来这儿的,只要谁胆敢来动他,他就惩治谁。他还说,他之所以一定要等卡尔·罗斯曼,是因为卡尔答应给他钱,只是去取钱了。请你听一听,总管夫人:他说是答应给钱,只是去取钱了。你也听见了吧,罗斯曼!"总管顺便对卡尔说。这时,卡尔正好向特蕾泽转过身去,只见她着了魔似的凝视着总管,不住地掠去额头上飘散的头发,或者是无可奈何地打着这样的手势。"但我也许要提醒你,你是不是还承担着别的什么差事。也就是说,下面那个人还说,你回宿舍后,你们夜里将去拜访一个女歌手,可谁也没有听清她的名字,因为这人始终只能唱着说出名字来。"

　　说到这里,总管停了下来,因为脸色显然变得苍白的厨房总管从椅子上站了起来,把椅子稍稍向后一推。"我不想再唠唠叨叨打搅你了。"总管说。"不,请别这么说了。"厨房总管说,并抓住他的手,"你只管往下说吧,我来这里,就是想听听事情的原委。"这时,门卫长蹭上前来,响亮地拍着自己的胸膛,示意他从一开始就把一切看透了,却被总管的一句话同时宽慰和打发回去了:"对,你做得完全对,费奥多尔!"

　　"再没有什么好说的了。"总管说,"说到那些小伙子吧,他们先是嘲笑了这个人,然后便同他争吵起来了。那里有的是好拳手,他一下子就被打得趴在地上。我根本都不敢去问伤着哪个部位,有多少处被打出了血。这帮小伙子都是些让人望而生畏的拳手,一个醉汉当然不在他们话下。"

"原来是这样。"厨房总管说,手抓在靠背椅的扶手上,眼睛望着她刚刚离开的座位。"那么你倒是说一句话呀,罗斯曼!"她接着说。特蕾泽从自己站的地方朝厨房总管跑过来,挽起她的胳膊。卡尔从来还没有看见她这样做。总管紧站在厨房总管身后,慢条斯理地抚平她那微微翻起的朴实的小尖领。站在卡尔身旁的门卫长说:"快点儿!"但他只不过是要借此掩饰住自己,趁机朝卡尔背后捅了一下。

"是这么回事,"被捅了一下的卡尔说起话来比他想的更没了把握,"是我把这个人带进宿舍的。"

"更多的我们就不想再听了。"门卫长以大家的口气说。厨房总管哑口无言地转向总管,然后又转向特蕾泽。

"我没有别的办法,"卡尔接着说,"这个人是我从前的同伴。我们已经两个月没见过面了。

他来这儿要看看我,但已经酩酊大醉,不能一个人回去了。"

站在厨房总管身旁的总管放低声音说:"这么说他来看你,后来喝得醺醺大醉,无法走开了。"厨房总管扭过头去,对总管悄悄说了些什么,而他似乎面带显然与这事毫不相干的微笑表示异议。卡尔只是朝特蕾泽望去。她完全无所适从地把自己的脸贴到厨房总管的身上,什么也不想再看了。惟一对卡尔的解释完全满意的是门卫长,他一次次地重复道:"是的,一点儿没错,大家都得帮助他的酒友。"他企图用目光和手势,把这种解释深深地印在每个在座者的心坎里。

"不用说,我是有责任的。"卡尔说着停顿了一下,似乎期待着他的判官们说一句友好的、能够赋予他继续为自己辩护的勇气的话。但一切依然如故。"我的责任不过是把这个人领进了宿舍。他叫罗宾逊,是个爱尔兰人。他所说的其他一切无非是酒后之言,胡说八道。"

"这么说你没有答应过给他钱?"总管问道。

"不,"卡尔说,遗憾的是他自己把这点忘了,由于心烦意乱,不加思考,竟然以斩钉截铁的口气说自己没有责任,"钱我是答应过给他,因为他向我乞求。但我不想去取钱,而是把我今晚挣得的小费给他。"说完,他从口袋里掏出九个小硬币平摊在手心上让大家看。

"你越来越顽固不化了,"总管说,"谁要是相信你说的话,就得始终把你先前所说的一切都忘掉。你先是说把那个人 —— 就连罗宾逊这个名字我都不相信;自从有爱尔兰以来,就没有一个爱尔兰人叫过这样的名字 —— 你先是说只是把他带到宿舍里,而你一个人又能够顺顺当当地溜出来;你先是说没有答应过给他钱,但当有人突然问你时,你又说答应说过给他钱。我们可不是在这里玩问答游戏,而是想听听你的辩护。你先是说不想去取钱,而是把你今天的小费给他。可事实上,你这钱依然装在身上,这显然不就是还要另取钱吗? 你离开这么久不也是明摆着的吗? 如果你想从你的箱子里为他取钱,毕竟也没有什么好奇怪的。但奇怪的是,你却矢口否认这事。同样,你也闭口不谈,这人到了饭店后,才被你灌得烂醉如泥,这是一丝一毫也不容置疑的事实。你自己也承认,他独自一个人来了,却无法独自一个人走开,而且他自己在宿舍里四处喊叫着他是你的客人。那么现在还有两件事情说不清,如果你想简单了事的话,自己可以来回答,但最后没有你的合作也照样可以断定:第一,你是怎样进入储藏室的? 第二,你是怎样弄来要赠送的钱的?"

"如果这里没人有一副好心肠的话,我就无法自我辩护。"卡尔自言自语地说,不再回答总管的提问,尽管特蕾泽可能为此而感到痛心。他明白了,他可以说的一切,到头来都会被歪曲得面目全非,是祸是福只能听之任之了。

"他不回答。"厨房总管说。

"这是他再明智不过的做法。"总管说。

"他还会臆想出什么花招来的。"门卫长说着用那只先前凶狠残忍的手小心翼翼地掠一掠自己的胡子。

"安静!"厨房总管对靠在她身旁开始抽泣的特蕾泽说,"你看看,他不回答,叫我怎么再为他说话呢! 说到底,面对总管先生,我是理亏的。特蕾泽,你说说,难道你认为我耽搁了为他说话的机会吗?"特蕾泽怎么能知道这些呢? 厨房总管也许觉得公开向着这个小姑娘提出问题和请求,而在这两个先生面前大大地丢了面子,可这又有什么办法呢?

"总管夫人,"卡尔再次振作起来说,但只是不想让特蕾泽来回答厨房总管的问题,并无任何其他目的,"我不认为,我使你蒙受了什么耻辱,无论是以什么方式。经过详细调查之后,想必其他任何人都会得出这样的看法的。"

"其他任何人!"门卫长说,并用手指着总管,"这话是冲着你说的,伊斯巴里先生。"

"好啦,总管夫人,"总管说,"已经六点半了,该到时候了。我想,在这件处理得宽容得不能再宽容的事上,你最好来说这结束语吧。"

这时,矮子吉亚柯莫进来了,他本想径直走到卡尔面前去,但屋子里鸦雀无声,吓得他立刻停住步子愣在那里。

自从卡尔说完最后几句话以后,厨房总管的目光就没有离开过他,也没有什么表明她听到了总管的插话。她那对蓝色的大眼睛全神贯注地望着卡尔,但流去的岁月和历经的磨难使它们变得有点暗淡。看她站在那里,轻轻地晃动着靠背椅的样子,完全可以让人预料到她立刻会说:"卡尔,现在要我来看,这事情还没有弄出个眉目来,你说的一点儿不错,还需要仔细调查。不管别人赞成与否,我们现在要来组织这个调查,因为总得有个说法。"

但厨房总管没有这样说。她小歇了一会儿，谁也不敢去打断她，只有打响六点半的钟声证实了总管的话。大家都知道，伴随着这钟声，整个饭店里的钟同时都响起来了，响在耳际，响在预感之中，就像是一种极大的烦躁的两次震颤。然后她说："不，卡尔，不，不要这样！我们不要自以为是。正义的事业也具有一种特别的表象，而我不得不承认，你的事却没有这种表象。我可以这么说，也必须这么说，因为我是完全袒护着你才来这里的。你看看，特蕾泽也沉默不语。"（但她并不是沉默不语，而是在哭泣。）

一个突然的决定袭上厨房总管的心头，她停顿了一下说："卡尔，你过来！"卡尔刚一走到她跟前——总管和门卫长立刻在他身后风风火火地谈起来——厨房总管便用左手抓住卡尔，同他和稀里糊涂跟来跟去的特蕾泽一起走到房子的紧里头，并在那里踱来踱去。与此同时，她说道："卡尔，调查有可能会在个别小节上给你个清白。为什么不可能呢？似乎你也相信会这样，不然我就无法理解你了。也许你确实向他打了招呼。对此我甚至确信无疑。我也知道，我该怎么去看待门卫长。你瞧瞧，我现在依然坦诚地向你交底。但这些微不足道的辩护丝毫帮不了你。总管已经毫不含糊地宣布了你的责任，这在我看来当然是不容反驳的。多年来，我耳濡目染，非常敬重他识别人的能力，他是我所认识的人中最讲信誉的。也许你不过是欠考虑而为之；也许你就不是我所看中的你。然而，"说到这里，她打断了自己的话，匆匆地回头看了看那两位先生，"我依然如故，认为你是个从根本上来说安分守己的小伙子。"

"总管夫人！总管夫人！"偶然同她目光相遇的总管催促道。

"我们马上就完了。"厨房总管说，于是加快语速规劝卡尔，"你听着，卡尔，要我来看这件事，倒挺高兴总管不愿意进行调查。如果他要进行调查，那我肯定会看在你的利益上出面阻止。不应该让任何人知道你是怎样和用什么来款待那个人的。再说，也不像你说给大家听的那样，他是你以前的同伴，因为你同他们分手时曾经大吵了一场，所以你现在不会去款待他们中的任何一位。那么这人可能只是个相识罢了，你同他晚上在城里的某个酒吧里轻率地称上了朋友。卡尔，你怎么能对我隐瞒所有这一切呢？如果你在集体宿舍里不堪忍受的话，如果你是出于这种无辜的原因开始了你的夜游的话，你究竟为什么一句也不告诉我呢？你知道，我本想给你单独弄个房间，完全是因为你一再请求我才放弃了。现在看起来，似乎你更喜欢住在集体宿舍里，你觉得在那里更不受拘束。而你的钱不是保存在我的钱箱子里吗？每周的小费都拿到我这里来。天啦！我的年轻人，你哪儿弄来的钱去娱乐呢？你现在又要上哪儿取钱给你的朋友呢？这当然都是些明摆着的事情，我至少现在一点儿也不能向总管提起，不然检查就是不可避免的。事到如今，你无论如何得离开饭店，而且越快越好。你直接去布伦纳公寓。你已经同特蕾泽去过那儿好多次。凭我这张条子，他们会免费接待你的。"——厨房总管从上衣口袋里掏出一支金笔，在一张名片上写了几行字，同时并没有中断自己的话——"你的箱子我叫人随后给你送去。特蕾泽，快去电梯工的衣帽间，收拾好他的箱子。"（但特蕾泽还是一动不动。承受了那么多的痛苦之后，现在她也希望来分享厨房总管的善良给卡尔的事情所带来的转机。）

　　有人悄悄地打开一道门缝，没有露面，立刻又把门关上了。这显然是冲吉亚柯莫来的，因为他走上前去说："罗斯曼，我有事要转告你。""马上！"厨房总管说着把名片塞进俯首恭听的卡尔的口袋里，"你的钱暂且放在我这儿。

你知道，你放在我这儿是可以放心的。你今天就呆在屋里，好好地想一想你的事情。今天我没时间，而且在这里也呆得太久了。明天我去布伦纳公寓，我们合计一下还能为你做些什么。不管怎样，我要你今天就知道，我不会遗弃你的。你也不必为你的未来担心，但要认真反思一下在这里度过的那些日子。"接着，她轻轻地拍了拍卡尔的肩膀，然后朝总管走去。卡尔抬起头来，目送着这位身材高大的女人迈着从容的步履，神态自若地离他而去。

"难道你一点也不高兴？"留在他身边的特蕾泽问道，"事情的结局不是很好吗？""噢，高兴。"卡尔说着向她笑了笑，却不明白人家要把他当小偷赶走，自己为什么还会高兴。特蕾泽的眼里闪射出无比的喜悦，仿佛她根本不在乎卡尔是不是犯了什么法，人们对他的评判公正与否；只要人家放他走，荣也好，辱也罢，她全不在乎，而特蕾泽正是抱着这样的态度。然而，她对自己的事情却那样毫不含糊，厨房总管一句模棱两可的话可以在她的脑海里盘旋和琢磨数星期之久。卡尔故意问道："你马上去收拾我的箱子送去好吗？"他不得不违心而惊讶地摇摇头，特蕾泽竟如此迅速地答应了他；她相信箱子里肯定有东西要对所有的人保密。她简直顾不上去看卡尔一眼，也来不及去跟他握手，只是悄悄地说："当然啰，卡尔，我这就去收拾箱子。"说完，她就一溜烟地跑了。

这时，吉亚柯莫再也忍耐不下去了。他已经等得焦灼不安，于是大声喊道："罗斯曼，那个人在楼下走廊里打滚耍赖，不肯让人把他弄走。他们想把他送到医院去，是他执意不去，并声称你绝对不会容忍他去医院，说是要叫辆车送他回家，车钱由你来支付。你愿意吗？"

"这人信赖你。"总管说。卡尔耸了耸肩，数了数钱递到吉亚柯莫手里。"再多我就没有了。"他然后说。

"人家也要我问问,你愿意不愿意同车去?"吉亚柯莫又问道,手里的钱丁丁当当响。

"他不会同车去。"厨房总管说。

"好吧,罗斯曼,"总管还没等到吉亚柯莫走出去就抢先说,"你现在被解雇了。"

门卫长连连点头,仿佛这是他自己说的话,总管不过是跟着说罢了。

"解雇你的理由我压根儿就不能声张出去。不然的话,我就得让你坐禁闭了。"

门卫长显然以严厉的目光朝厨房总管瞥过去,因为他知道,她就是这种过分宽大处理的根源。

"你现在就去贝斯那里换衣服,你把制服交给贝斯,然后马上离开饭店,一刻也别拖延。"

厨房总管闭上眼睛,想借此来安慰卡尔。当卡尔躬身告别时,突然看见总管偷偷摸摸地抓住厨房总管的手抚来弄去。门卫长迈着沉重的步子跟着卡尔走到门口。他不仅不让卡尔关上门,而且自己还把门敞得大大的,以便朝着卡尔的背影喊去:"一刻钟后,我要看着你在大门口从我身旁走过去,别忘了!"

卡尔赶紧离去,能多快就多快,免得在大门口遇到纠缠。但一切进行得要比他希望的慢得多。开始,他怎么也找不到贝斯。正值早餐时间,到处都挤满了人。后来,他又发现自己的旧裤子被一个电梯工借去了。于是他不得不几乎把所有床边的衣架都翻了个遍,好不容易才找到了那条裤子。这样一来,还没等卡尔走到大门口,五分钟就过去了。这时,正好有一位女士夹在四个先生中间走在他前面。他们朝着一辆等候的大轿车走去,一个招待已经打开车门扶着,空着的左手臂平直地伸向一旁,看上去极其庄重。卡尔指望跟在这群贵人身后悄悄地走出去。然而,他的希望成了泡影。门卫长已经抓住了他的手,一边把他从两位先生之间往自己跟前拽,一边请他们谅解。"这不才过了十五秒钟吗？"他边说边从一侧打量着卡尔，仿佛在观看一台失灵的钟。"过来吧！"他接着说，将卡尔带到大门旁。卡尔虽然早就有兴致看一看这门房，但现在只是满腹狐疑地被门卫长推搡着踏了进去。走到门口时，他突然转过身去，试图推开门卫长走出去。"不，不对，从这儿进去！"门卫长说着把卡尔扭了回去。"我不是已经被解雇了吗？"卡尔说，意思是说饭店里任何人无权再向他发号施令了。"只要我还留着你，你就没有被解雇。"门卫长说，他的话当然也不无道理。

　　卡尔始终也没有找到他为什么要顶撞门卫长的原因。难道还会有什么不测要降临在他的头上吗？反正这门房的墙壁都是大块大块的玻璃，透过它可以清楚地看到入口大厅里来来往往的人流，犹如置身其中，整个门房里似乎没有一个角落可以逃开人们的目光。外面的人虽然显得匆匆忙忙，他们有的伸着手臂，有的耷拉着脑袋，有的四处张望，有的高举着行李，各自寻找着自己的路，但几乎没有一个人会放过朝门房这里瞥一眼，因为在玻璃墙背面总是张贴着不仅对客人，而且对饭店职工至关重要的告示和消息。除此以外，门房与入口大厅还有直接的交往，两个门卫坐在两扇可以推拉的大窗前，不间断地回答着各种各样的询问。他们简直忙得不可开交。卡尔几乎可以肯定，他所认识的门卫长在其职业生涯中无非就是围绕着这样的工作挣扎起来的。两个回答问询的门卫 —— 从外面是难以确切想象的 —— 在窗口始终至少面对着十多张提问的面孔。在这十多个不停变换的提问者中，往往是你一言我一语嚷成一片，似乎个个都是来自不同的国家。总是有几个人同时提问，同时也总是有个别人互相扯来扯去。绝大多数人是想从门房里取走或者往那里交付些什么，于是人们也总是看见一只只手急不可待地从拥挤的人群里挥舞出来。

有一个人为了一份报纸火急火燎的，不料报纸在空中张了开来，一时间遮盖住了所有的面孔。两个门卫必须应付这一切。他们的任务似乎不只是说一说，他们没完没了地喋喋不休，尤其是那个满脸留着黑胡子、神态阴郁的人，更是一刻不停地回答着人们的询问。他既不看手在上面不停地传来递去的桌台，也不理睬这个或那个提问者的面孔，而只是呆呆地凝视着前方，显然是为了节省和积蓄自己的力量。另外，他的胡子也许使他的话多少有些不大好懂。卡尔在他身旁停住步子的片刻间，几乎没听懂他说了些什么，因为他正好在用拖着英语腔的外语作答。另外使人迷惑的是，答复一个紧接着一个，连续不断，这样，常常还有问询的人以充满期望的神色侧耳细听着，以为人家还在谈他的事情，片刻之后却发现自己的事早已过去了。人们还必须习惯，这些小门卫从不让人重复问题，即便问题大体让人明白，只是提得有点含混不清。然后，他几乎让人难以察觉地摇摇头，表明他不打算回答这个问题，至于更正自己的错误，改进表述问题的方式，那是提问者的事。正是这样，有些人在窗口白白费去了很长时间。为了协助工作，个个门卫都配有一名听差。听差要来回奔跑着从书架上和各种各样的柜子里拿来各个门卫正好需要的东西。在饭店里，对刚刚起步的年轻人来说，这是挣钱最多的差事，但也是最苦的。从某种意义上说，他们的境况还不如这些门卫，因为这些人只是思考和说话，而他们又要思考又要跑腿。一旦他们把东西拿错了，门卫当然不会在百忙中搭上时间来好好教训他们，而更多的是把他们放到桌上的东西一股脑儿推下去了事。十分有趣的是小门卫换班，卡尔一进去后正好就碰上了。这样的换班一天之内当然得有好些次，因为几乎没有一个人能在这窗口坚持上个把钟头。到了换班时间，钟声就响了，从一个侧门里同时走出两个该来接班的门卫，后面分别跟着一个听差。他们暂且无所事事地站到窗口旁观察一阵外面的人，以便弄清楚眼下正在答复什么样的问题。一旦他们觉得接手的时刻到了，就拍一拍当班门卫的肩膀。尽管当班门卫并不会理睬背后发生了什么，但他立刻就明白是换班了，随即便让开位子。这一切进行得非常迅速，常常使外面的人诧异，这个突然出现在他们面前的新面孔往往吓得他们直往后退缩。两个换下来的男子伸一伸身子，然后在两个预备好的洗脸盆上浇一浇他们发热的脑袋。可是两个换下来的听差却还不能歇息下来。他们还得忙乎一阵子，要把上班期间被推到地上的东西捡起来放回原来的地方。

　　这一切，卡尔在短暂的瞬间聚精会神地看在了眼里，印在了心上。他忍着隐隐的头痛，不声不响地跟着继续带着他走的门卫长。很明显，门卫长也注意到了，这种答复问询的情形给卡尔留下了不同凡响的印象。他突然拽起卡尔的手说:"你看看,这里的人是怎样工作的。"卡尔固然在饭店里没有偷过闲,但对这样的工作却一无所知。这时,他几乎全然忘记了门卫长是他的大敌,抬头望着他,默默而赞许地点了点头。但门卫长却觉得这既像是对小门卫们的过奖,又像是对他本人的无礼,因此他大声喊道,也不顾人家会听见,似乎要以此来捉弄一下卡尔:"这里的差事当然是整个饭店里最无聊的,只要仔细听上个把钟头,就会对所有要提的问题了如指掌,剩下的也无须去回答。要是你不这么桀骜不驯,不说谎,不放荡,不酗酒,不盗窃的话,我也许会雇你坐在这样一个窗口前。干这事,绝对只需要笨头笨脑的家伙。"卡尔压根儿就没听出这辱骂他的话的弦外之音,他深为小门卫们正当和繁重的工作不但得不到承认,反而遭到嘲笑而义愤填膺。另外,这个嘲笑的人,如果他自己胆敢坐到这样一个窗口前,过不了几分钟,准会在所有询问者的嘲笑声中狼狈离去。"你让我走吧!"卡尔说,已经完全没有了对这门房的新奇感,"我不想再和你有任何干系。""想要走开,可没那么容易。"门卫长说着强扭住卡尔的手臂,使他一点儿也动弹不得,硬是把他拖到门房的另一端。难道外面的人没有看见门卫长的暴行吗?或者,如果他们看见了,他们究竟会怎样看待这种暴行呢?难道谁也不会给予指责吗?难道就没人起码来敲一敲玻璃,警告门卫长别这么明目张胆肆无忌惮地对待卡尔吗?

然而,卡尔很快就不再对来自前厅的救援抱任何希望了。门卫长扯起一根拉绳,黑色的帘子顿时从上到下遮去了半面门房的玻璃。门房的这半边也有人,但大家都在忙个不停,谁也无暇去顾及与自己的工作毫不相干的事情。此外,他们也全然依附于门卫长,他们宁可帮着掩饰门卫长恣意妄为的行为,也不会去帮帮卡尔。比如说，这里就有六个门卫守着六部电话。他们的工作程序让人一目了然：始终有一位专门接电话，邻座的一位则按照从前者那里得到的记录再用电话把任务传达下去。这些最新式的电话机用不着设电话间，因为它们的铃声小得还不及蟋蟀的唧唧声。人们可以悄悄地对着电话听筒说话，但话音经过特殊的电子放大，到达终端的则是雷鸣般的吼声。因此，人们几乎听不见这三个发话人在打电话，还以为他们在喃喃自语地观察着电话听筒里有什么动静。可是另外三个好像被那传给他们的，而周围人却听不见的响声弄得麻木不仁了，埋头在纸上作着记录。这是他们的任务。这里也一样，三个发话人身旁分别站着一个年轻的帮手。这三个帮手无非是交替不断地把脑袋伸向他们的主人聆听着，然后像是被针刺了一样急急忙忙地在又大又厚的黄本里找出所要的电话号码来，翻动页码的嚓嚓声远远遮去了电话的铃声。

事实上，卡尔禁不住仔细地观察着眼前的这一切，尽管已经坐下的门卫长依然把他紧紧地扭在自己身前。"这是我的义务，"门卫长说着摇了摇卡尔，似乎只是想叫他朝自己转过脸来，"那就是以饭店领导的名义起码多多少少要挽回总管无论是出于什么原因而错过的东西。这儿向来如此，人人都相互支持。要不这么一个大饭店的运作是不可想象的。你也许要说，我不是你的顶头上司。这么说，我来出面关照这件别人已经做过的事，不就更好吗？另外，从某种意义上来说，我身为门卫长凌驾于一切人之上。因为这饭店所有的门统统归我管，也就是说包括这个主门，三个中门和一个侧门，还有数不胜数的小门和出口就更不用提了。不用说，所有在考虑之列的服务人员都得无条件地服从我。从另一方面来说，既然享有这种殊荣，我理所当然要对饭店领导负责，不能放走任何一个哪怕是一丝一毫可疑的人。恰恰你让我觉得甚为可疑，这也叫我如此称心如意。"说完他得意地举起双手，然后又狠狠地拍下去，拍得啪啪响，自讨痛苦来受。"当然有可能，"他补充说，依然显出一副得意忘形的神气，"你会从另一个出口偷偷摸摸地出去，因为你也不值得让我去发出特别命令兴师动众。可是你现在既然到了这里，那我就要让你尝尝我的厉害。另外，我们约好了在大门口见面，我相信你是不会失约不来的。这已经成了一条规律，凡是狂妄自大和桀骜不驯的人，无论到了什么地方，不吃苦头是戒不掉自己的恶习的。这样的事你肯定在自己身上还会常常领教得到。"

"难道你不相信，"卡尔说，他一张嘴就吸进从门卫长身上散发出来的异常霉味；在他近旁站了这么久，卡尔现在才感觉到了这霉味，"难道你相信，我完全处在你的威慑之中就不会喊叫吗？""那我就会堵住你的嘴。"门卫长同样冷静地脱口而出，好像早就准备好来应付似的，"你真以为会有人为了你而进来吗？谁会当着我这个门卫长的面站出来为你伸张正义呢？我看你就别再白做这个梦了！你要知道，当你还穿着制服时，你确实还多少让人看在眼里；可你现在这副模样，恐怕只有在欧洲才会有人理睬你了。"他随之上上下下拽了拽卡尔身上的衣服。这套衣服尽管在三个月前几乎还是新的，可现在毕竟已经穿旧了，皱皱巴巴的，更主要的是浑身上下油渍斑斑。这主要归咎于那些电梯工毫无顾忌的行为。按常规，他们本应每天清扫宿舍地面，使之保持清洁光亮。可他们懒得当真去做，而是给地板喷上一种什么油，不惜溅得衣架上的衣服四处都是油斑。这样，人人就会把自己的衣服收拾起来。但无论你的衣服放在哪儿，总是有人正好找不到自己的衣服时，就随手找来别人保存起来的衣服借着穿上。也许就是这样一个人，正好轮到他在这天打扫宿舍，他不只是给这套衣服溅上了油斑，而且从上到下彻底浇了个透。惟独勒内尔把自己那些值钱的衣服藏在一个秘密的地方,几乎不曾有人从哪儿翻出他的衣服来。更何况即便有人穿了别人的衣服,也许不是出于恶意或贪图便宜,而只是由于匆忙和马虎信手拈来穿上了。可是在勒内尔的上衣背部正中间也有圆圆的一块红油漆。到了城里,知情人单凭这块油斑就能断定这个仪表堂堂的年轻人原来是个电梯工。

当卡尔回想起这些往事时,便自言自语说,他当电梯工也吃尽了苦头,而且一切都是徒劳,因为当电梯工的差事并不像他所希望的那样,是踏上高一级职位的起点。更确切地说,他现在被踩到了更下层,甚至险些儿进了班房。另外,眼下门卫长还扣着他不放,也许在寻思着怎样进一步来羞辱他。此时此刻,卡尔完全忘记了门卫长绝非是那种听人劝的人,他一边用空着的那只手接连拍打着自己的额头,一边大声喊道:"即便说我真的没有向你打过招呼,可一个成年人怎么会因为一次疏忽的招呼而如此挟嫌报复呢？"

"我不是挟嫌报复，"门卫长说，"我只想搜查你的口袋。虽然我明明知道，我搜不到什么东西，因为你早有防备，让你的朋友把一切东西都一天一天地转移走了，但你必须接受一番搜查。"他说着就强行抓住卡尔上衣的口袋，拽得两边的线缝都绽开了。"这里什么也没有。"他边说边把从口袋里掏出的东西在手上翻来翻去：一张饭店的广告日历、一页从教科书里抄来的作业、几枚上衣和裤子纽扣、厨房总管的名片、客人收拾箱子时扔给他的一个指甲刀、勒内尔为感谢他顶了十次班送给他的一面用过的小镜子，还有几样小东西。"这些不是什么东西。"门卫长又一次说道，随手把它们都扔到座位下，好像凡是卡尔的财产，只要不是偷来的，理所当然只配被扔到座位下去。"现在该够了吧！"卡尔自言自语说，他的脸涨得通红。当门卫长要翻他的第二个口袋，贪婪得忘乎所以时，卡尔猛地一下从衣袖里挣脱出来，冲动地一步把一个门卫狠狠地撞到他的电话机上。他穿过沉闷污浊的空气朝门口跑去，心急如焚，恨不得一快再快。幸亏还没等到身子裹在那沉甸甸的大衣中的门卫长起身，卡尔已经跑出去了。不过，值班门卫的组织绝非那样十全十美，虽然几个地方响起了铃声，但鬼知道是干什么用的。饭店的职工在门道里成群结队地穿来穿去，几乎会让人以为，他们要不动声色地堵住这出口，因为从他们出出进进的举动中，也看不出有更多别的意思。不管怎样，卡尔很快就到了外面。然而，一辆接一辆的汽车走走停停地从大门口流过，卡尔无法直接走到公路上，只能沿着饭店的小道走去。为了尽快接上他们的主人，这些汽车简直连成了一串，一辆推着一辆向前。那些特别急于上公路的行人不时地从个别汽车之间穿越过去，仿佛那儿本来就是一条公用通道。他们毫不在乎车里坐的只是司机和用人，还是坐着阔佬们。但卡尔觉得这样的行为太过分。凡是敢冒风险的人，肯定对这里的情况了如指掌。不然他准会碰上对此见怪的汽车，人家会把他从道上扔开，继而酿出一桩丑闻来。而卡尔身为一个逃走的、可疑的、只穿着衬衫的饭店职员，惟恐惹出这样的事来。接连不断的车流毕竟不会没完没了地持续下去，而卡尔只要没离开饭店一步，也必然是再可疑不过的人。事实上，卡尔终于走到了一个车流虽然没有停止，但已经拐向公路，而且变得稀稀疏疏的地方。他正要钻过去加入公路的人群，那里也许有比他看上去更为可疑的人在自由自在地闲逛，这时，他听到附近有人喊他的名字。他回过身去，看见两个熟悉的电梯工从一个墓穴似的、低矮的小门洞里十分吃力地拖出一副担架来。卡尔一眼就认出，躺在上面的是罗宾逊，脑袋、脸和手臂都包扎得五花八门。他痛哭流涕，是因为疼痛，或是因为其他痛苦，还是高兴又看见了卡尔？他把手臂搭到眼睛上，用绷带擦去眼泪。这一切简直不堪入目。"罗斯曼，"他充满责备地喊道，"你究竟为什么要让我等这么久？我已经跟他们干了一个钟头，等不到你来，我是不会让他们弄走的。这帮家伙——"他说着用脑袋撞了其中一个电梯工一下，仿佛这绷带是保护他免受撞击似的——"才是真正的魔鬼。唉，罗斯曼，我这次来看你可算是倒霉透了。""他们到底把你怎么了？"卡尔说着走到担架旁。两个电梯工笑哈哈地把担架放下来歇息。"你还用问！"罗宾逊唉声叹气地说，"你看看我成了什么样子！你想一想！我很可能被打成终身残废了。我简直疼得要命，从这儿到这儿。"——他先是指指脑袋，然后又指指脚——"我真希望你能看见我的鼻子是怎样流血的。我的坎肩全毁了，索性就把它扔在那里了。我的裤子给撕成了碎片，只剩下了内裤。"——他稍稍揭开被子，让卡尔瞧瞧里面。"我会落得个什么下场呢？我至少要躺上几个月。我之所以马上要告诉你这些，是因为我没有别的人，只有你能照料我。德拉马舍太没有耐心了。罗斯曼，我的小罗斯曼！"说完，罗宾逊把手朝微微向后退去的卡尔伸去，想抚摸着来赢得他。"我为什么非得来看你呢！"他一再重复道，想提醒卡尔，他的不幸也有卡尔一份责任。卡尔马上就意识到，罗宾逊的哀诉不是出于他的伤痛，而是出于他那非同寻常的酗酒后的难受。他醉得不省人事，几乎还没等到入睡，马上又被叫醒了，接着就是晕头转向地挨了一顿狠揍。而到了这清醒世界里，他根本无所适从。他的伤看来无关紧要，绷带全是些破布条，包得也不成样子，显然是那些电梯工为了捉弄他随随便便包扎上去的，而且这两个电梯工站在担架的两头，不时扑哧扑哧地笑。但此时此刻，这儿不是让罗宾逊恢复理智的地方。行人潮水般地从这里匆匆而过，无人理睬担架旁的这堆人，不时还有人真的像体操运动员一样纵身从罗宾逊身上跃过去。用卡尔的钱雇来的那个司机喊道："走，快走吧！"两个电梯工使尽最后的力气抬起担架，罗宾逊抓住卡尔的手亲切地说："去吧，还是去的好！"这副模样的卡尔，只要一钻进这昏暗的汽车，不就得到了最好的关照吗？于是他上了车，靠着罗宾逊坐下。罗宾逊把头倚在他的怀里。两个跟他同事一场的电梯工透过车窗衷心同他握手告别。汽车急转着弯上了公路，似乎一场不幸不可避免地就要发生。然而，这包容一切的车流立刻把这辆径直驶去的汽车从容地汇融于自身之中。

Franz Kafka
Das erzählerische Werk

Der Verschollene

这汽车停了下来，……

这汽车停了下来,想必已经来到一条偏远的市郊公路上。四周一片寂静,一群孩子蹲在人行道旁戏耍。有个男人肩上扛着一捆旧衣服,十分留意地朝着一家一家的窗户高声喊叫。卡尔疲惫不堪地从汽车里钻出来,脚踩到被上午的阳光照得热乎乎亮闪闪的柏油路上,浑身上下顿感不是滋味。"你真的住在这儿?"他朝汽车里大声喊去。一路上睡得安安稳稳的罗宾逊含含糊糊地咕哝出肯定的回答,看样子是在等着卡尔把他从车里扶出来。"那么这儿再也没我什么事了,再见!"卡尔说,准备径直沿着这条缓缓下坡的公路走去。"卡尔,你瞎想些什么呀!"罗宾逊喊道。他惶恐不安,几乎直立在车里,惟独两膝还有点颤抖。"我无论如何得走!"卡尔说,他注意到罗宾逊很快就恢复过来了。"你就穿着这衬衫走?"这家伙问道。"我会再挣来一件外衣的。"卡尔答道。他充满信心地向罗宾逊点点头,并挥手致意。如果不是司机喊住他:"先别急着走,我的先生!"卡尔真的就走开了。令人不快的是,司机还提出要加钱,要他付在饭店前等候的费用。"没错儿,是这回事。"罗宾逊在车里喊着证实这要求是对的,"我没有办法,只好等你那么久,你多少还得给他一些。""是的,当然啰。"司机说。"只要我还有的话,肯定会给你的。"卡尔边说边伸手去掏裤子口袋,尽管他明明知道这是徒劳。"我只能找你要,"司机说着叉开两腿,"我不能去向那个病人要吧。"一个长着酒糟鼻子的小伙子从大门那边凑过来,站在几步远的地方倾听着。这时正好有一位警察打这条路上巡逻,一低头看见这个穿着衬衫的人便停下来。罗宾逊也发现了那个警察,傻里巴几地从另一个车窗向他喊去:"没什么事,没什么事。"仿佛这样会像驱赶一只苍蝇那样赶走警察。那些孩子们注视着这警察,一看见他停住脚步,便不约而同地注意上卡尔和司机,然后一溜烟地跑了过来。对面大门口站着一个老太婆,呆呆地望着这里。

"罗斯曼!"这时从高处传来一声呼唤。原来是德拉马舍,他从顶层的阳台上呼叫卡尔,映着泛白的蓝天,只能影影绰绰地看见他的样子。他显然穿着一件睡衣,用一架望远镜观察着这条街上的情形。他身旁撑着一把张开的红阳伞,伞下好像坐着一个女人。"喂!"他竭尽全力喊道,想让人听清楚,"罗宾逊在那儿吗?""在这儿!"应着卡尔的这声回答,罗宾逊强有力地从车里发出了第二个更加响亮得多的"在这儿"。"喂,"上面又喊道,"我就来!"罗宾逊从车里躬出身子说:"这才是个男子汉。"这句赞美德拉马舍的话是说给卡尔,说给司机,说给警察,说给每个想听的人听的。尽管德拉马舍已经离去了,人们依然心不在焉地望着上面的阳台。这时阳伞下果真有一个身着红衣又粗又壮的女人站了起来，从阳台胸墙上拿起望远镜，望着下面这些逐渐把目光从她身上移开的人。卡尔期待着德拉马舍的出现，定神向大门口望去，望着庭院里。那里成群结队的商店勤杂你来我往，几乎川流不息，每个人肩上都扛着一个显得非常沉重的小箱子。那司机走到他车前，拿来一块破布擦起车灯，省得白白浪费掉时间。罗宾逊按一按自己的四肢，好像为那轻微的疼痛而感到惊奇，因为他只有专心体会方才感觉得到。于是他深深地低下头去，小心翼翼地解开一条厚实地扎在腿上的绑带。那警察把黑色的警棍横握在胸前，静静地等待着，怀着警察无论是平时值勤还是蹲守都必须具备的莫大耐心。那个长着酒糟鼻子的小伙子坐在大门口的石台上伸展开两腿。孩子们挪着小步渐渐地靠近卡尔，尽管他并不留意他们，但他们却觉得这个身着蓝衬衫的人是这伙人中最主要的人物。

从德拉马舍下楼来这里花去的时间，让人不难推算出这座楼耸立云端的高度。况且他赶得急急忙忙，只穿了件睡袍。"噢，你们都在这儿！"他喊道，神情显得既高兴又严肃。当他迈着大步走动时，那花花绿绿的内衣不时地露出来。卡尔不全弄得明白，为什么德拉马舍在这座城里，在这个巨大的公寓内，在这众目睽睽的大街上如此随便地穿着睡袍游来荡去，就像在自己的别墅里似的。像罗宾逊一样，德拉马舍也全然变了样。那副深色的脸庞刮得光光的，异乎寻常的干净，上面布满粗实的肌肉，闪现出志得意满和引人敬重的神气；那对此刻不住眨闪的眼睛放射出耀眼的光芒，令人惊叹。那件紫色睡袍虽说是旧的，且污渍斑斑，他穿在身上也显得太大，但从这件怪模怪样的衣服的上方却鼓出一条厚厚实实的深色领带来。"怎么回事？"他冲着所有在场的人问道。那警察向近前挪了挪，身子靠在汽车发动机箱上。卡尔给了简短的回答:"罗宾逊有点疲惫,但他要鼓起劲来,上楼不成什么问题。我已经付了车费。司机还要求补付。现在我该走了,再见。""你别走。"德拉马舍说。"我已经同他说过了。"罗宾逊在车里开了腔。"我要走。"卡尔说着迈出了几步。但德拉马舍抢上前去,狠劲地把他推了回去。"我要你呆着。"他喊道。"你倒是放我走啊!"卡尔说,准备着必要时挥起拳头来赢得自由,尽管面对德拉马舍这样一条汉子,取胜的希望是很渺茫的。可是这儿有警察,有司机,不时还有成群结队的工人打这条平日当然宁静的大街走过。难道说人们会眼睁睁地看着德拉马舍对他蛮横无理吗? 要是单独同德拉马舍在房间里,他是不会轻举妄动的,可在这儿呢? 这时,德拉马舍不动声色地向司机付了钱。司机连连鞠躬,把这一大笔非分之得塞进腰包,并且出于谢意走到罗宾逊跟前,显然同这家伙说着怎样能够万无一失地把他从车里扶出来。卡尔觉得没有人留意他,或许德拉马舍更容易不声不响地走开。要是能够避免一场争吵,那当然再好不过了。于是卡尔就悄悄地步入行车道,试图尽可能迅速地离开。这时孩子们一齐拥向德拉马舍,提醒他卡尔要溜走。然而,根本用不着他自己去干预,因为那个警察把警棍向前一挥喊道:"站住!"

"你叫什么名字?"他问道,随之把警棍夹在胳膊下,慢慢掏出一个本子来。卡尔此刻才第一次仔细地打量着他。他是个强壮的汉子,但头发几乎全白了。"卡尔·罗斯曼。"他答道。"罗斯曼。"警察重复道。毫无疑问,这只是因为他是一个从容认真的人。然而,在这里第一次真正同美国官员打上交道的卡尔却已经觉得这样的重复中包含着某种怀疑的口气。实际上,他的事可能不妙,因为连自顾不暇的罗宾逊也从汽车里探出身来,无声而急切地打着手势求德拉马舍帮帮卡尔。而德拉马舍匆匆地摇摇头拒绝了，两手插在那特大的衣兜里，无动于衷地在一旁看着。那位坐在大门石礅上的小伙子在向一位刚刚才从大门出来的女人解释这里发生的一切。孩子们围成半月形站在卡尔身后，一声不响地望着警察。

"出示你的证件！"警察说。这大概只是走过场问问而已。要是没有穿外衣，谁都不会随身带许多证件。因此卡尔缄默不语，宁愿等着详细地回答下一个问题，借以尽可能把没有带证件的事敷衍过去。但下一个问题却是："这么说你没有证件？"这时，卡尔不得不回答说："没有随身带。""这可就严重了。"警察说，若有所思地朝围观的人群环顾了一周，用两个指头敲了敲他那本子的硬皮。"你有工作吗？"警察最后问道。"我当过电梯工。"卡尔说。"你当过电梯工。这么说现在不是了。那你现在靠什么生活呢？""现在我要找个新的工作。""难道说你刚刚被解雇了？""是的，一个钟头前。""突然发生的？""是的。"卡尔说着像请求谅解似的举起手。在这里，他不可能把整个故事从头至尾讲一遍。即便有这样的可能，那么要凭着讲述一个蒙受过的不公正而去化解一个眼下面临的不公正似乎毫无指望。如果说他从厨房总管的善良和总管的明智中都没有得到自己的公正，那么在这里，他面对这群路人无疑就更不敢抱什么奢望了。

"你连上衣都没穿就被解雇了？"警察问道。"是这样。"卡尔说；这么说在美国也一样，司空见惯的是，那些官员们明明看见了的东西还偏得要问（难怪他父亲在办理旅行护照时对那些官员毫无意义的问话很恼火）。卡尔恨不得一下子跑掉，找个地方躲起来，不用再听这样的问话。可就在这时，警察偏偏提出了卡尔局促不安地预料到的、最害怕提出的，而且可能使他的举止显得比先前越发欠考虑的那个问题："到底是哪家饭店雇用过你？"他低着头一声不吭，无论如何都不愿意回答这个问题。要是他由一个警察押送着再回到西方饭店去,要是在那儿举行有他的朋友和敌人参加的审讯,厨房总管便会彻底放弃她对卡尔业已变得很淡漠的好印象,因为她发现自己估计已经到了布伦纳公寓的卡尔又回来了,是被警察抓住的,只穿着衬衫,没有她的名片。而总管也许只是满怀体谅地点点头。门卫长则不然,他会声称是上帝的手最终抓住了这个无赖。这一切千万不能发生。

"他在西方饭店干过。"德拉马舍说着走到警察身旁。"不,"卡尔边喊边跺着脚,"这不是真的。"德拉马舍嘲弄地噘起尖嘴瞅着卡尔,仿佛他还能说出其他的事来。卡尔出乎意料的激动大大地波及到了孩子们。他们一齐拥向德拉马舍,情愿从那儿仔细地观看卡尔。罗宾逊从汽车里完全探出脑袋,镇定自若地注视着眼前的紧张气氛。他惟一的动作就是时而眨一眨眼睛。大门口的那个小伙子高兴得直鼓掌,他身旁的那个女人用胳膊肘捅了他一下，让他冷静些。那些搬运工正好到了吃早点的时候，他们全都端着大壶的黑咖啡，并且用长条面包搅动着凑上前来。有几个人席地坐在人行道边上，个个都咂咂地啜饮着咖啡。

"你可能认识这小伙子吧？"警察问德拉马舍。"何止认识，"这家伙说，"我当初可待他不薄，但他不知好歹。你自己刚才简短地审问过他，想必轻而易举就会体会到这一点。""对，"警察说，"他好像是个不思悔改的小子。""一点不错，"德拉马舍说，"可这还不是他最坏的本性。""是吗？"警察说。"是的，"德拉马舍说，他现在开始演说了，两只插在衣兜里的手摆动起整个睡袍，"他是个了不起的家伙。我和我那位坐在车里的朋友偶然遇上了身陷困境的他。当时，他对美国的情况一无所知，他刚从欧洲来，在那边也是个没有人能看得上眼的人。于是我们就带着他，让他同我们一起生活，言传身教教给他一切，并且打算为他找个工作。尽管一切迹象都违背我们的意愿，但我们还是想着把他变成一个有所作为的人。然而有一天晚上，他突然走了，不辞而别，而且有附带的原因，我不想在此声张出去。难道说不是这样吗？"德拉马舍最后问道，并扯了扯卡尔的衬衫袖子。"孩子们，你们往后退退！"警察喊道，因为他们一个劲地往前挤，德拉马舍险些让一个孩子绊了个跟头。这时，那些本来对这场审问不大感兴趣的搬运工也来了兴致，他们围成一团聚集在卡尔身后，使他无法后退半步。另外，这些搬运工杂乱无绪的嚷嚷声不停地响在他的耳际。他们操着一口让人完全听不懂的英语，也许其中夹杂着斯拉夫语，与其说在议论，倒不如说在吵嚷。

"谢谢你提供的情况，"警察边说边向德拉马舍敬了个礼，"我无论如何要把他带走，交还给西方饭店。"但德拉马舍却说道："请你把这小子暂且交给我吧，我有几件事要同他了断。我保证过后亲自把他送回饭店去。""我不能这样做。"警察说。"这是我的名片。"德拉马舍说着递给他一张小卡片。警察看了看表示认可，但又很有礼貌地微笑着说："不，这没用。"

无论卡尔先前怎样防范着德拉马舍，可此刻却在他身上看到了惟一获救的可能。德拉马舍如此向警察求情留下卡尔，虽然令人疑惑不解，但比起警察来，他无论如何更容易让人说动，不把卡尔送回饭店。再说，即便卡尔由德拉马舍领着回饭店去，那也会比由警察押着好说多了。不过卡尔暂时还不能让人看出他实际上更愿意跟德拉马舍走，要不一切都完了。他惴惴不安地盯着警察那随时都可能举起来抓住他的手。

"我至少得知道，他为什么突然被解雇了。"警察终于说道。德拉马舍一脸闷闷不乐的样子望着一旁，那张名片在指间揉成一团。"可他根本就没有被解雇。"罗宾逊的喊声使大家惊讶不已。他倚靠在司机身上，极力地从车里探出身来。"恰恰相反，他在那里有一份美差。在集体宿舍里他说了算，愿意带谁进去都畅通无阻。他只是忙得不可开交，如果你有求于他，得等上好久。他总是呆在总管那里，呆在厨房总管那里，而且是亲信。他绝对没有被解雇。我不明白他为什么这样说。他怎么会被解雇呢？我在饭店里受了重伤，他接受委托送我回来。他当时没穿上衣，索性就这样上车走了。我总不能等到他去拿来上衣吧。""原来是这样。"德拉马舍摊开两臂说，听他的口气，似乎在责备这警察缺乏鉴别人的能力。他的话好像给罗宾逊那含含糊糊的陈述注入了无可挑剔的阐释。

"这可是真的吗？"警察用已经缓和了的口气问道，"如果这是真的，这小子为什么要谎称他被解雇了呢？""你该说说。"德拉马舍说。卡尔注视着警察——他要在这里管好那些一味各顾自己的外国人不出乱子，而这种普遍的担心多多少少也转嫁到了卡尔身上。他不愿意说谎，两手紧紧地交错在背后。

大门口出现了一个监工，他拍着巴掌，示意搬运工们又该上工了。他们倒掉咖啡壶里的沉渣，迈着摇摇晃晃的步子，不声不响地向楼里走去。"我们该收场了。"警察说着就要去抓卡尔的胳膊。卡尔不由自主地往后退了退，感觉到搬运工们走开后给他留出了一块空地，他转过身，三蹿两跳地逃走了。孩子们一齐喊叫起来，甩开两条小臂跟着跑了几步。"抓住他！"警察朝着这条几乎空无人影的深巷子喊去。伴随着这富有节奏的叫喊，他迈起无声无息的、显露出强劲有力和训练有素的步子向卡尔追去。追捕发生在一个工人居住区，这是卡尔的幸运。工人们不会去买官员们的账。卡尔奔跑在车道中间，这里没有什么障碍。他时而看到人行道上的工人驻足静静地望着他，而警察却朝他们喊着"抓住他",狡猾地沿着平坦的人行道,一边跑,一边不停地伸出警棍指向卡尔。卡尔没有抱什么希望。当他们接近横街时,警察直接吹响了震耳欲聋的哨声。他几乎完全绝望了,因为那里肯定也有警察在巡逻。卡尔的优势不过是轻装,他沿着这条越来越成下坡的公路飞奔而去,或者更确切地说直冲而下,只是由于困倦而精神涣散,常常跨出太高而费时的无用步子。但话说回来,警察也用不着去思索,他始终只有一个追赶的目标。与此相反,对卡尔来说奔跑原本是次要的,他必须思索,在各种可能性中选择,不断做出新的决定。他那多少无望的计划是暂且避开一条条横街,因为你不可能知道那里隐藏着什么,也许他会径直闯入一间警察亭里。只要不出什么意外,他就坚持沿着这条依旧一目了然的公路跑下去。这条公路向下一直延伸到一座隐隐约约露出头的桥上,桥身淹没在水气和霞光之中。他正要按照这个决定鼓足精神加快步子，以迅雷不及掩耳之势穿过第一条横街时，忽然看见在不太远的前方埋伏着一个警察，他身子紧贴在一座笼罩在树阴下的房子那黑乎乎的墙边，准备伺机向卡尔猛扑过来。眼下除了这条横街，再也无路可逃了。当他听到有人从这巷子里恶狠狠地喊叫他的名字时，起初以为这是一种幻觉（因为这阵子他的耳朵里一直嗡嗡鸣叫），但没有迟疑多久，为了出其不意地摆脱警察，他便拔腿向左一拐，钻进了这条横街。

他几乎还没有跨出两步远——他已经不再记得有人喊过他的名字——，第二个警察也吹响了哨子。人们感觉得到他那积蓄已久的力量，横街远处的行人似乎也加快了脚步。这时从一扇小门里伸出一只手来抓住卡尔，让他"别吱声"，把他拽进黑洞洞的过道里。原来是德拉马舍，他上气不接下气，满脸汗水，头发全都贴在了脑袋上。他把那件睡袍夹在腋下，身上仅穿着衬衫和短裤。这扇门不是什么正门,而只是一道不显眼的侧门,他立刻关上门并上了锁。"等一会儿。"他然后说,身子靠在墙上,高高地仰起头,气喘吁吁的。卡尔几乎倒在他的怀里,昏头昏脑地把脸贴在他的胸脯上。"那两个家伙跑过去了。"德拉马舍边说边伸出手指着门侧耳细听。这时,那两个警察果真跑过去了,他们的脚步声响彻整条空荡荡的小巷,犹如钢锤打在石头上一样。"你可真是给折腾得够呛了。"德拉马舍冲着卡尔说。卡尔依然上气不接下气,一句话也说不出来。德拉马舍小心翼翼地把他放在地上,跪在他的身边,反复地抚摩着他的额头,注视着他的神情。"现在缓过来了。"卡尔终于开口说道,费劲地站了起来。"那就走吧!"德拉马舍说着又穿上他的睡袍,把虚弱得仍然耷拉着脑袋的卡尔推着向前。他不时地摇摇卡尔,好让他清醒些。"你佯装困得撑不住了?"他说。"在外面,你倒能够像匹马一样奔腾,可我却不得不绕着这些该死的过道和院落悄悄地溜过来。不过幸亏我也是个赛跑运动员。"他情不自禁地挥起手给了卡尔背上一下。"时不时同警察这样来一次赛跑也是一次很好的训练。""我开始跑的时候,就已经很累了。"卡尔说。"你这样逃跑还有什么好说的呢!"德拉马舍说,"要不是我,你早就让他们给抓去了。""我也相信是这样,"卡尔说,"非常感谢您。""那还用说。"德拉马舍说。

他们穿过一条狭长的走廊。走廊的地面上铺着深色的光石板。走廊的左右时而是一道楼梯,时而是一扇让人可以看到另外一条更大的走廊的隔窗。这里几乎看不到大人,惟有孩子们在空荡荡的楼梯上戏耍。一个小姑娘站在栏杆旁啼哭,满面的泪水闪闪发光。她一看见德拉马舍,就张开嘴喘着气,顺着楼梯直往上跑去。她一再转过身来,深信没有人跟着或许不想跟着她时,才平静下来。"我刚才跑过去时把这姑娘撞倒了。"德拉马舍一边笑着说，一边用拳头吓唬她。小姑娘随之哭叫着继续向上跑去。

他们经过的院落也几乎被完全遗忘了。只见这儿有一个用人推着两轮车，那儿有一个妇人在水泵旁往壶里灌水；这儿有一个邮差迈着从容不迫的脚步穿过整个院落，那儿有一位满脸银髯的老人跷起二郎腿坐在一扇玻璃门前，嘴上叼着烟斗。一家搬运公司门前卸了一堆箱子，那些闲下来的马镇静地扭动着脑袋。一个身着工作服的男人手里捏着一张纸在监督着整个工作。一间办公室的窗户敞开着，有一位坐在写字台前的职员转过身，若有所思地朝着卡尔和德拉马舍正好路过的地方望去。

"不可能奢望有比这儿更宁静的地方了，"德拉马舍说，"晚上喧闹了几个小时，但白天却宁静无比。"卡尔点点头。他觉得这里宁静得过度了。"我根本不能住在别的什么地方，"德拉马舍说，"因为布鲁纳尔达绝对受不了一点喧闹。你认识布鲁纳尔达吗？你这就会见到她的。无论如何我要告诫你，你要尽可能放得文静些。"

当他们来到通往德拉马舍住地的楼梯前时，那辆汽车已经开走了。那个长着酒糟鼻子的小伙子报告说，他把罗宾逊背上楼去了，而对卡尔的再现没有表现出任何惊异的神态。德拉马舍只是向他点了点头，仿佛这是他的用人，完成了一件理所应当的义务。卡尔有点犹豫，望着这条阳光照耀的公路。德拉马舍拽着他一起走上楼去。"我们马上就到楼上了。"德拉马舍上楼时说了好几遍，可他的预言好像总兑不了现，那没有尽头的楼梯一道接着一道，拐来拐去，只是让人没有了改变方向的感觉。有一次，卡尔甚至停步不上了。这绝不是出于疲惫无力，而是面对这没完没了的楼梯，无力去抗拒了。"我住得很高。"当他们继续往上走时，德拉马舍说，"但高也有它的好处，常常闭门不出，一天到晚穿着睡袍，日子过得十分悠闲。当然住这么高，也就没有人上来拜访。""究竟会有什么人来这里拜访呢？"卡尔心想着。

　　终于在一个楼梯平台上，罗宾逊出现在一家关着的房门前。他们现在可算到了。楼梯还远远没有到头，而是在半明半暗中继续延伸上去，似乎没有一丝迹象表明它行将终止。"果然不出我所料，"罗宾逊小声说，仿佛疼痛还在压迫着他，"德拉马舍把他带来了！罗斯曼，没有德拉马舍，不知你会成了什么样呀！"罗宾逊穿着内衣站在那儿，只是一个劲地力图把自己裹进西方饭店送给他的那条被单里。谁也弄不明白，他为什么不到屋里去，却在这儿面对可能路过的人出洋相。"她在睡觉？"德拉马舍问道。"我想没有，"罗宾逊说，"但我宁可等到你回来。""我们先得看看她是否在睡觉。"德拉马舍说着弯下腰去看锁孔。他来回扭动着脑袋，从各个不同的方位向里面观望了好大一阵子后起身说："看不清楚，帘子放下来了。她坐在长沙发上，也许在睡觉吧。""她病了？"卡尔问道，因为德拉马舍站在那里，似乎在讨要主意。然而，他厉声反问道:"病了？""他毕竟不认识她。"罗宾逊请求原谅说。

在隔着几家的那边，有两个女人出现在走廊里。她们在围裙上擦了擦手，眼睛望着德拉马舍和罗宾逊，像是在议论着他们。一位金发闪闪的小姑娘从一扇门里蹦了出来，挽住这两个女人的胳膊，偎依在她们之间。

"这两个女人真可憎，"德拉马舍小声说，只是为了不打扰正在睡觉的布鲁纳尔达，"下次我要去警察那里指控她们，要叫她们老实安静上几年。别往那边看！"他然后向卡尔嘘了一声。既然他们现在一定要站在走廊里等待布鲁纳尔达醒来，卡尔觉得看看这两个女人也没有什么恶意。他生气地摇摇头，似乎用不着去听从德拉马舍的劝告。为了更加明确地表明这个态度，他想朝这两个女人走过去。这时罗宾逊却喊道:

"罗斯曼,别这样!"并抓起袖子拦住了他。德拉马舍已经被卡尔激怒了,而那个姑娘的哈哈大笑更使他怒火中烧;他一下子跃起身来,手脚并举,急匆匆地冲着她们跑去。这两个女人就像被风吹走似的消失在各自的门里。"在这里,我不得不常常这样净化走廊。"德拉马舍慢慢地走过来说。他想起卡尔的对抗时又说道:"可我期待着你的是完全另外的举止,不然的话,你会自讨苦吃的。"

这时,屋子里有人拖着温柔而疲倦的腔调问道:"是德拉马舍吗?""是我。"德拉马舍边回答边亲切地注视着房门,"我们可以进去吗?""噢,进来吧。"屋里的人说。德拉马舍又向这两个等在他身后的人瞟了一眼,然后慢慢地打开门。

屋里一团漆黑。阳台门——没有窗户——上的帘子一直垂落到地面,几乎透不过一丝光亮。另外屋里堆满了家具,四处挂的都是衣服,越发显得昏暗。空气霉浊，简直连积落在让人无法触及的角落里的尘灰和腐味都闻得出来。卡尔一进门最先发现的是三个前后紧排在一起的箱子。

那个先前从阳台上往下看的女人躺在长沙发上。她那红色的衣裙下摆随意地堆成一团，垂在地上，两腿几乎露到膝间，腿上套着一双白色的毛织长筒袜，脚上没有穿鞋。"天气热极了，德拉马舍。"她说着从墙边把脸转过来，懒洋洋地把手摇晃着伸给德拉马舍，让他接过去亲吻。卡尔只是注视着她那随着脑袋的转动而一起滚动的双下颌。"也许该把帘子拉开吧？"德拉马舍问道。"这可不行。"她闭着眼睛绝望似的说，"那样会更加糟糕。"卡尔走到沙发一端，想把这个女人看得清楚些。他对她的抱怨感到奇怪，因为天气根本就不那么热。"等一等，我有办法让你舒服些。"德拉马舍谨小慎微地说，然后给她解开脖子下的几枚扣子，敞开衣领，使她的颈部和胸脯的上方袒露出来，同时也露出一道轻柔的浅黄色的衬衣贴边。"这是谁？"这女人突然指着卡尔问道，"他为什么这样盯着我？""不久你就会使自己变得有用了。"德拉马舍说着把卡尔推到一边，同时安慰这女人说，"他不过是我带来为你效劳的小伙子。""可我不愿意要任何人来伺候，"她喊道，"你为什么把陌生人带进我的屋里？""你这阵子不是总盼着有人来伺候吗？"德拉马舍说着跪下去。尽管这沙发十分宽大，但躺在上面的布鲁纳尔达身旁没有一点多余地方。"唉，德拉马舍，"她说，"你不理解我，一点也不理解我。""这么说我真的不理解你了，"德拉马舍说，双手捧着她的脸，"不过毕竟没有出什么事，只要你愿意，立刻就让他走开。""他既然已经来了，就留在这儿吧。"这时她又说道。在极度的疲倦中，卡尔很感激她这番毫不友好的话，因为他的思想依然昏昏沉沉地萦绕在那没有尽头的、也许马上又不得不走下去的楼梯上。他无视安然地睡在被窝里的罗宾逊,也不顾生气地挥舞着两手的德拉马舍,说:"无论如何我得感谢你还愿意让我在这里呆一会儿。我已经一天一夜没合眼了,不仅劳累,而且遭受了种种惊恐不安。我已经精疲力竭。我根本不知道我在什么地方。如果让我睡上几个钟头,你可以毫无顾忌地打发我走。我会乐意走开的。""你完全可以呆在这里。"那女人说,并且不无讽刺地补充道,"你看看,我们有的是地方,绰绰有余。""那你只好走吧。"德拉马舍说,"我们可不需要你。""不,他应该留下来。"女人这时又严肃地说。接着,德拉马舍对卡尔说:"那你随便找个地方躺着去吧。""他可以躺在那些窗帘上,但一定要脱去靴子,免得踩坏什么。"德拉马舍把她所说的地方指给卡尔。在房门和那三个箱子之间,乱七八糟地放着一大堆各种各样的窗帘。要是把所有的窗帘都整整齐齐地叠起来,重的放在最下面,轻的一层一层摞上去，最后把夹在窗帘堆里的各种板条和木环抽出来，那就会成为应该还算说得过去的铺位，可现在这个样子不过是乱七八糟的一团。尽管如此，卡尔立刻就躺了上去，他实在太累了，也顾不了特意去为睡觉做准备。再说考虑到他的主人，一定要避免添太多的麻烦。

当他差不多已经进入真正的梦乡时，突然听到一声喊叫。他坐起身来看见布鲁纳尔达直挺挺地坐在沙发上，伸开两臂紧紧地搂抱着跪在面前的德拉马舍。看见这情形，卡尔不免感到难堪，但他随后又倒下身子，埋在窗帘里继续睡他的觉。他似乎明白他在这里连两天都忍受不了，因而更有必要先彻底睡个够，以便完全恢复理智，能够迅速而准确地做出决断。

然而，布鲁纳尔达已经发现了卡尔由于疲倦而不得不强行睁开的眼睛，不禁吓了一大跳，于是喊道："德拉马舍，我热得受不住了，身上要烧起来似的，我要脱衣服，我要洗澡。你让这两个先出去，去走廊也好，去阳台也罢，随你便，只要我看不见他们就行了。呆在自己的房间里，总是受到干扰。德拉马舍，要是我和你单独在一起该多好啊！天啦，他们依然呆在这儿！像这个厚颜无耻的罗宾逊，他居然当着一位妇人的面穿着内衣伸展四肢。像这个陌生的小子，他刚才还用十分放肆的目光瞪着我，然后又躺下去来迷惑我。还是把他们弄走为好，德拉马舍，他们是我的累赘，他们是我的心病，要是我现在活不下去了，那就是因为他们的缘故。"

"立刻就让他们出去，你只管脱衣服就是了。"德拉马舍说着走到罗宾逊跟前，脚踩在他的胸膛上摇晃着他。与此同时，他冲着卡尔喊道："罗斯曼，起来！你们两个到阳台上去。不叫你们，就别进来，不然要自讨苦吃。快点，罗宾逊——"他更加狠劲地摇晃起罗宾逊——"罗斯曼，睁开眼睛看清楚了，可别让我也踩上你。"——他响亮地拍了两下巴掌。"怎么要这么久呢!"沙发上的布鲁纳尔达喊了起来。她坐在那里把两条大腿叉开,以便为那过于肥胖的躯体腾出更多的空间。她只有使出浑身的力量,喘喘歇歇,才能曲起身子,抓住长筒袜的最上端往下脱一点。她自己不可能把袜子脱下来,这要靠德拉马舍来帮忙。她急不可耐地等待着。

卡尔疲惫不堪昏昏沉沉地从那堆窗帘里爬起来,蹒跚着朝阳台门走去。一块窗帘布缠在他的脚上,他稀里糊涂地拖了过去。他从布鲁纳尔达身边走过时,甚至神游思离地说道:"祝你晚安!"德拉马舍把阳台门上的帘子稍稍拉向一旁,卡尔从他的身旁漫游过去,走到阳台上。罗宾逊紧跟在卡尔后面,也少不了一副睡意蒙眬的样子,因为他在咕噜着什么:"总是受人虐待! 如果布鲁纳尔达不一同来,我就不上阳台。"尽管信誓旦旦,他还是乖乖地出去了,并且随即躺倒在石地板上,因为卡尔已经沉睡在那把扶手椅里。

卡尔醒来时,夜幕已经降临,天上挂满星斗,月亮从坐落在街对面的高楼大厦后冉冉升起。卡尔环顾了一番这陌生的地方,深深地呼吸了一阵凉爽而清新的空气,方才意识到自己眼下的处境。他涉世不深,遇事太欠考虑了,厨房总管的一片忠告,特蕾泽的热情规劝,连同自己所有的忧虑,他都置若罔闻,居然若无其事地坐在德拉马舍的阳台上,昏昏沉沉地睡去了大半天,好像在这帘子的后面,德拉马舍就不是他的大敌。躺在地板上的罗宾逊懒洋洋地翻起身来扯住卡尔的脚,似乎要这样来唤醒卡尔;他说:"你这个瞌睡虫,罗斯曼!你真是个逍遥自在的家伙。你到底还要睡多久啊?我本来可以让你继续睡下去的,可是我躺在这地上感到太无聊,再说我也饿得受不了。我请你起来一会儿,我在椅子下面藏着吃的东西,想把它取出来。你也可以分享一份。"卡尔随之站起来,看着罗宾逊趴在地上，辗转匍匐过来，两手伸到椅子下面，取出一个就像是用于存放名片的银色盘子。可这盘子里放着半截黑乎乎的香肠、几支细长的纸烟、一盒虽已打开但仍满满的沙丁鱼罐头，盒子的外面浸满油渍，还有一堆几乎压成一团的糖果，然后又露出一大块面包和一个装香水的瓶子，但里面装的看来不是香水，而是什么别的东西，因为罗宾逊特别得意地指着这瓶子连连朝卡尔咂舌头。"你瞧瞧，罗斯曼，"罗宾逊边说边把沙丁鱼一块接一块地往嘴里塞，不时地用一条毛围巾擦去手上的油迹，这围巾显然是布鲁纳尔达忘在阳台上的，"你瞧瞧，罗斯曼，如果你不想饿死，就得这样给自己藏些吃的。你瞧，我彻底被冷落到一旁了。如果你总是被人当狗对待，最后就会认为自己真的是一条狗。也好，有你在这儿，罗斯曼，我至少有了说话的人。在这屋里，没有人同我说话。咱们都是令人讨厌的人，全都怪这个布鲁纳尔达。她当然是个了不起的女人。你——"他示意让卡尔弯下身靠近他,要低声告诉他——"我有一回看见她光着身子。噢!"——回想起那赏心悦目的时刻,他情不自禁地挤压和拍打起卡尔的两腿,直弄得卡尔叫起来:"罗宾逊,你疯了!"并且抓住他的手把他推了回去。

"你果真还是个孩子,罗斯曼。"罗宾逊说,随手从衬衣里拽出一把用绳子挂在脖子上的匕首,取下匕首套,切开那硬邦邦的香肠,"你涉世还太浅,有许多东西要学,可到了我们这儿,你算是找对了地方。坐下吧。难道你不想吃点东西?当你在一旁看着我吃的时候,或许也来了胃口。难道你也不想喝点什么?看来你压根儿什么都不想,而且偏偏也不怎么爱说话。可话说回来,不管同谁在这阳台上,对我来说都无所谓,反正只要有人在这儿就行了。这就是说,我经常呆在阳台上,这样使布鲁纳尔达非常开心。她总是随心所欲,变化无常;时而冷,时而热,时而要睡觉,时而要梳理,时而要解开胸衣,时而又要穿上它。每当这个时候,我就被打发到阳台上来。有时候,她真的说什么就做什么,但大多数情况下,她无非像先前一样躺在沙发上,一动也不动。以前我经常掀开一点帘子往里看。但是有一回,当我正往里看时,德拉马舍——我完全明白,那不是出自他的本意,而是受布鲁纳尔达的指使干的——用鞭子在我脸上抽了好几下。你看见这伤痕了吗?打那以后,我再也不敢往里看了。后来我就这样躺在阳台上,除了吃喝没有别的乐趣。前天晚上,我就这样孤零零地躺在这儿,当时我穿的还是那身时髦的衣服,只可惜丢在你的饭店里了。——那些狗杂种!他们硬是从你身上扒去值钱的衣服!——也就是说,我这样孤零零地躲在这儿,透过栏杆向下望去,一切都使我黯然神伤,情不自禁地嚎啕大哭起来。就在这时,布鲁纳尔达出乎意料地朝我走过来了,而我并没有马上发觉。她穿着那件红色的衣裙——那是她所有衣服中最合身的——，看了我一会儿，最后说道：'我的罗宾逊，你哭什么呢？'然后她扯起自己的衣裙，用裙边拭去我的眼泪。要不是德拉马舍赶巧喊她的话，谁知道，她还会干什么呢。听到喊声，她不得不立刻回到房间去。当然，我也想过，现在该轮到我了，并透过窗帘问我可不可以进屋去。你认为布鲁纳尔达怎么说呢？'不行！'她说。'你在瞎想些什么呀？'她又说。"

"既然人家这样对待你，那你还在这儿呆什么劲呢？"卡尔问道。

"对不起，罗斯曼，这话你可问得不太高明。"罗宾逊回答说，"即便人家对你更恶劣，你不是也得呆在这儿吗？况且人家对我还没有那么糟糕。"

"不，"卡尔说，"我肯定要走的，而且可能就在今天晚上。我不会留在你们这里。"

"你说说,你今晚打算怎样走开呢?"罗宾逊一边问,一边把面包里软的部分切下来,小心翼翼地浸到沙丁鱼罐头里,"如果连这房间都不准你进去,你怎么会走得开呢?"

"究竟为什么不准我们进屋呢?"

"只要铃声不响,我们就不能进去。"罗宾逊说。他一边尽可能地张大嘴,津津有味地吞食着那油腻的面包,一边用一只手接住从面包上滴下来的油点,以便不时把吃剩下的面包在这个充当容器的手掌上蘸一蘸。"这里的一切都变得糟了。起初,这里只有一层薄薄的帘子,虽说看不过去,但一到晚上还能看到里面的人影。布鲁纳尔达感到这样很别扭,于是就让我把她的一件戏袍改成一块帘子挂上,换掉了原来的。现在什么都看不见了。从那以后,起初我随时还可以问一问我能不能进去,人家会根据情况回答我'可以'或者'不行'。可到了后来,可能因为我过分地利用了这个权力,问的次数太多,布鲁纳尔达就无法忍受了——她虽然很胖,但体质非常弱,常常头痛,痛风腿也几乎不断地折磨着她——,于是就规定不准我再问了,而是改按台钟。一听到台钟响,我就可以进去。那台钟响声,甚至都能把我从梦里闹醒。有一次,我在这里逗一只猫开心,它被这钟声吓得跑掉了,再也没有回来。也就是说,今天还没有响钟。一旦钟声响起来,那我不只是可以,而是必须进屋去。如果这么久没有响声,没准还得等好久。"

"你说得也是,"卡尔说,"不过适用于你的倒不一定也适用于我吧。说到底,这样的清规戒律仅仅适用于那种逆来顺受的人。"

"可是,"罗宾逊喊道,"这为什么不适用于你呢? 这理所当然也适用于你。你只管老老实实地同我一起在这儿等着响钟吧。然后你可以试试是否走得了。"

"你为什么不离开这儿呢? 难道仅仅因为德

拉马舍是你的朋友或者比你强吗？难道这就是人生吗？难道你们首先要去的布特弗德不比这儿好吗？或者，索性你就呆在加利福尼亚得了，那里有你的朋友。"

"是的，"罗宾逊说，"可这谁也无法预见。"他往下讲述前又说道："祝你走运，可爱的罗斯曼。"接着他美美地从那香水瓶里灌了一口。"当时，你那样卑鄙地抛弃了我们。我们的境况非常糟糕。在头几天里，我们无法找到工作。再说德拉马舍本来可以找到事干，但他不想干，只是一再打发我去找，而我总不大走运。他就那样在外面游来荡去，无所事事，直到一天傍晚时分，他带回来一个女式钱包，虽说非常精美，镶着珍珠，但里面几乎什么也没有。那钱包他送给了布鲁纳尔达。后来德拉马舍说，我们应该去挨家乞讨，自然会借机找到一些需要的东西。于是我们就踏上了乞讨的路。为了掩人耳目，我在每家门前唱歌。而德拉马舍总是那么幸运,我们刚刚站在第二家——一户非常富有的人家——门前,在门口给女厨和用人唱了几首歌,这时这户人家的女主人,也就是布鲁纳尔达上楼来了。她也许被衣服裹得太紧,根本上不去几级楼梯。可她看上去是多么的美,罗斯曼!她穿一身洁白如玉的衣裙,手拿一把红色的阳伞。她的出现叫人神魂颠倒;她的出现叫人心醉神迷。啊,上帝!啊,上帝!她是多么的美呀!这样一个美人儿!不,上帝,请告诉我吧,世上怎么会有这样一个美人呢?当然,女厨和用人立刻迎上前去,几乎是把她抬到楼上。我们站在门的左右两边致敬,这是当地人的习俗。她稍稍停了停,因为她还没有完全喘过气来。现在我也想不起来了,事情到底是怎样发生的。我当时如饥似渴,几乎丢了魂似的,尤其在近旁,她显得更有姿色,无比丰满。也正是由于她穿着一件别致的紧身胸衣,我过后可以在箱子里指给你看看,全身上下都绷得那样的紧。一句话,我轻轻地从背后触摸到她,不过非常非常的轻,你知道,仅仅是这样触摸一下而已。当然,人家不会容忍一个乞丐触摸一个阔太太的。那几乎不是什么触摸,但毕竟还算是摸了一下。要不是德拉马舍当即给了我一个耳光,我随之用两手捂住面颊的话,谁知道会酿出什么恶果来。"

"讲讲你们干了些什么!"卡尔说,他完全被这个故事吸引住了,索性坐到地板上,"也就是说那个女人就是布鲁纳尔达?"

"不错,"罗宾逊说,"是布鲁纳尔达。"

"你不是说过她是个歌手吗?"卡尔问道。

"她当然是个歌手,一个了不起的歌手。"罗宾逊回答道。他将一大团软糖在舌头上翻来卷去,时而把挤到嘴边的一块又用手指压回去。"但是当时我们自然还不知道她是谁,只看见她是一个富有而高贵的太太。她装作若无其事的样子,或许她什么也没有感觉到。实际上,我只是用指头尖轻轻地碰到了她。但她却一个劲地看着德拉马舍,他也正好心照不宣地撞进她的目光里。随之她冲着他说:'进屋里呆会儿吧!'并用阳伞指着房间,让德拉马舍先进去。然后他们俩进了房间,用人随后关上了门。他们把我丢在外面。这时我心想,绝对要不了多久的,顺便坐到楼梯的台阶上等着德拉马舍出来。但等出来的人却不是德拉马舍,而是那个用人。他为我端来了满满一碗汤。'德拉马舍的小恩小惠!'我自言自语地说。我喝汤的时候,那个用人在我跟前还停留了片刻,给我讲述了有关布鲁纳尔达的一些情况。这下我才意识到,拜访布鲁纳尔达对我们是何等重要。布鲁纳尔达是个离异的女人,有一大笔财产,而且完全独立。她的前夫是个可可工厂主。他虽然始终爱着她,可她压根儿连他的名字都不想听到。他经常找上门来,总是装扮得衣冠楚楚,就像是来参加婚礼似的。确确实实是这样,我认识他。——

但无论有多大的好处,那个用人再也不敢去问布鲁纳尔达想不想接待他,因为他已经问过几次,每次布鲁纳尔达都是把她随手拿的东西掷到他的脸上。有一次,她竟然将灌得满满的热水瓶掷去,打掉了他一颗门牙。是这样,罗斯曼,你看看就知道了!"

"你怎么会认识那个人呢?"卡尔问道。

"他有时候也上楼来。"罗宾逊说。

"上楼来?"卡尔惊奇地用手轻轻地拍着地板。

"惊奇归惊奇,别激动,"罗宾逊接着说,"那个用人当时给我讲了这些,连我也感到惊奇。你想一想,当布鲁纳尔达不在家时,那个人就叫用人把他领到她的房间里,每次拿走一件小东西留作纪念,每次又留给布鲁纳尔达一些非常值钱和珍贵的东西,而且严禁用人说是谁送的。可是有一回,他——用人这么说,我也相信——带来了一些价值连城的瓷器,布鲁纳尔达一定看出了名堂,立刻将它摔到地上,踏上脚踩来踩去,往上啐着唾沫,而且还折腾了别的一些名目,那个用人恶心得几乎无法把碎片弄出屋去。"

"那个人究竟干了什么令她恼怒的事呢?"卡尔问道。

"这我真不知道,"罗宾逊说,"但我觉得,没有什么大不了的事,至少他自己不知道是怎么回事。我也不时地同他说起这事。他每天都在那条街的拐角等我。如果我去了,就得给他讲些新消息;一旦我去不了,他等上半个钟头就走开了。对我来说,这可是一笔可观的额外收入,因为他一得到消息,总是出手不凡。然而,自从德拉马舍知道以后,我就必须把酬金全部交给他。这样一来,我就很少再去了。"

"可是那个人想要得到什么呢?"卡尔问道,"他死乞白赖地想要得到什么呢? 他毕竟听到了,她不喜欢他。"

"说得也是。"罗宾逊叹息着说,点起一支烟,使劲地挥着手臂,将烟云吹向上方。然后他好像另有主意,并且说道:"这事跟我有什么相干。我只知道,他不惜破费,谋的就是允许他像我们一样,这样躺在这阳台上。"

卡尔站起来,身子倚靠在栏杆上俯视着那条街。月亮已经露出了脸儿,月光却还没有照进巷子的深处。这条白天空荡荡的巷子现在挤满了人,尤其是家家户户的门前。巷子里的人都在慢慢腾腾从容不迫地蠕动着,男人们的衬衫袖子,女人们的浅色衣裙在黑暗中影影绰绰地闪现。看不到戴帽子的,也看不到扎头巾的。周围众多的阳台上都出现了人,一家一户地坐在白炽灯光下,按照阳台的大小,或者围着一张小桌,或者椅子并成一排,或者至少从房间里探出头来。男人们叉开两腿坐在那里,两脚从栏杆之间伸到外头,或是在翻阅几乎要耷拉到地上的报纸,或是在打牌,似乎默默无声,但使劲敲击桌子的响声此起彼伏。女人们怀里堆满了针线活,只是时而抽空朝她们四周或大街上瞥一眼。在相邻的阳台上,有一个弱小的金发女人总是不停地打着哈欠,翻着白眼,把手头正在缝补的衣物举到嘴前。即使在那些再小的阳台上,孩子们也照样能相互追来逐去,弄得他们的父母非常厌烦。许多屋子里放起了留声机,歌声或交响乐从里面传出来,家长只要一挥手示意,便有人急忙跑进屋里,换上一张新唱片。有的窗前,只见一对对情侣像钉在那里似的如痴如呆。在面对卡尔的窗前,有一对情侣站得直挺挺的,小伙子用一只手臂搂着姑娘,另一只手按在她的乳房上。

"附近的人你有认识的吗?"卡尔问罗宾逊。这时罗宾逊也站了起来,因为他冷得直打哆嗦,除了自己用的那条被单外,他又拉来布鲁纳尔达的裹在身上。

"几乎谁也不认识。就我的地位来说,这无

疑是很糟糕的。"罗宾逊说着把卡尔拽到跟前，悄悄地对他说，"不然的话，眼下我就不会直言不讳地抱怨了。为了德拉马舍，布鲁纳尔达变卖了她拥有的一切，带着她所有的家底来到这儿，住进这栋市郊公寓，图的是彻底委身于他，不受任何人干扰。再说这也是德拉马舍的心愿。"

"那么说她把用人都辞掉了？"卡尔问道。

"是的，一点儿没错，"罗宾逊说，"在这儿，那些用人往哪儿安顿呢？他们可是些十分挑剔的先生。有一回，德拉马舍当着布鲁纳尔达的面索性打人耳光，将一个用人从房间里轰走，只见耳光一个接着一个飞去，直打得那家伙退到门外。当然，其他用人同他抱成一团，在门前大吵大闹。于是德拉马舍出来（当时我不是用人，而是他们的朋友，但我同那些用人住在一起）问道：'你们想干什么？'那个年龄最大的、名叫伊斯多尔的用人随即说：'你没有资格同我们说话，我们的主人是那位大慈大悲的太太。'

你可能感觉到了，他们非常崇拜布鲁纳尔达。但她却一头栽进德拉马舍怀里，理都不理睬他们；她当着所有人的面搂抱、亲吻，口口声声喊着：'最亲爱的德拉马舍。'当时她还不像现在这样臃肿笨拙。最后她说：'把这帮笨蛋打发走算了！'笨蛋——指的就是那帮用人。你想一想，他们干了什么样的傻事。然后布鲁纳尔达将德拉马舍的手拉到她拴在腰带上的钱袋里，德拉马舍将手伸进去，开始掏钱打发这些用人。布鲁纳尔达只是敞开腰带上的钱袋，站在那儿观望着。德拉马舍不得不一再伸进手去掏钱。他发起钱来不点也不核对。最后他说：因为你们不愿意同我说，我在这里只是以布鲁纳尔达的名义告诉你们：'滚蛋，越快越好！'就这样，他们被解雇了。后来还打了几次官司，德拉马舍甚至被传唤上法庭，但这事我就不太清楚了。只是那些用人走了以后，德拉马舍马上对布鲁纳尔达说：'那你现在没有人伺候？'她说：'可这儿有罗宾逊呀.'德拉马舍随即拍了一下我的肩膀说:'那好吧,你就是我的用人了'。接着布鲁纳尔达过来拍了拍我的面颊。罗斯曼,如果有机会的话,你也让她拍拍你的脸蛋,你会惊奇地感到那有多美!"

"你就这样成了德拉马舍的用人?"卡尔简单明了地说。

罗宾逊听出了这句问话中的惋惜,便回答说:"我是用人,但这很少有人看得出来。你瞧瞧,你自己就没看出来嘛,尽管你在我们这里已经呆了一阵子。况且你也看到了,昨晚我去你们饭店时那副衣冠楚楚的样子。我那身行头穿着简直阔得无法再阔了。你说用人能有这样体面吗? 问题只是我不能经常外出,一天到晚总忙个不停,管这个家真有做不完的事。事情那么多,一个人实在忙不过来。你或许看到了,这屋里四处堆放着太多的东西。凡是在大搬迁时没能卖掉的东西,我们全都搬来了。当然这本来是可以送人的,可布鲁纳尔达什么都舍不得。你想想吧,要将这些东西扛上楼来,谈何容易!"

"罗宾逊,这一切都是你扛上来的?"卡尔喊道。

"还会是谁呢?"罗宾逊说,"当时还有一个帮工,一个偷懒成性的滑头。大部分工作都得我自己来干。布鲁纳尔达在下面守着车,德拉马舍在上面指挥把东西往哪儿放,我是马不停蹄地跑上跑下,连续忙了两天,忙得够呛,不是吗? 可你根本不知道这房间里堆着多少东西。所有的箱子都装得满满的,而箱子后面也塞得顶到天花板上。要是雇几个人来搬的话,那用不了多久就会收拾完的,但除了我之外,布鲁纳尔达不愿意把这事托付给任何人。这样说来也很令人开心,可我却因此毁掉了自己一生的健康。除了健康我简直一无所有。现在我只要稍微出点力,浑身就像针刺一样。这儿,这儿,还有这儿。要是我还像以前那样健壮的话,你以为饭店那帮小子,那群乳臭未干的东西——他们还能是什么呢?——什么时候能胜了我吗?但不管我会得什么病,我都不对德拉马舍和布鲁纳尔达吭一声。只要能撑得住,我就一直干下去;万一挺不住了,我就倒下死去。到了那时,他们才会看到,我是拖着病体,起早贪黑地拼命干活,为了伺候他们累死了。可到那时已经为时太晚了。唉,罗斯曼!"他最后边说边在罗斯曼的衬衫袖子上拭去眼泪。过了一会儿他又说:"你穿件衬衫站在这儿,难道不觉得冷吗?"

"走开,罗宾逊!"卡尔说,"你总是哭哭啼啼的。我不相信你会成了这个样子。你看上去十分健壮,只是因为你经常躺在这阳台上,便胡思乱想编出一些五花八门的东西来。也许你有时候胸间有针刺感,我也一样,每个人都有。要是人人都像你一样,为区区小事这样痛哭流涕的话，那所有阳台上的人都免不了会哭来哭去。"

"这我知道得比你更清楚。"罗宾逊说，用被单角擦了擦眼睛。"不久前，当我给隔壁也为我们烧饭的女房东送回盘碗时，那个住在房东家的大学生对我说：'罗宾逊，你听我说，你是不是病了？'我不许同这些人搭话，只好放下盘碗想走开。这时他走到我跟前说：'哎呀，你听着，你别累得太过分了，你病啦。''你说的是，那么请问我究竟该怎么办呢？'我问道。'那是你的事。'他说完就转身离去。其他正在就餐的人哈哈大笑起来。这儿到处都是我们的敌人，于是我还是走开为好。"

"那么你相信的是那些拿你当傻瓜的人，而真心实意待你的人，你却不以为然。"

"但我一定要知道我的身体怎么样了。"罗宾逊气鼓鼓地说，然后又嚎啕大哭起来。

"你就是不知道自己有什么病，也应该为自

己另找一份像样的差事，别在这儿给德拉马舍当用人了。凭你这一番话和我自己亲眼所见的情况来看，可以断定，你在这儿不是当什么用人，而是遭受奴役。这是谁也无法忍受的，我相信你无非也是这样。但你老想着，你是德拉马舍的朋友，就不忍心离他而去。这是不对的。如果他意识不到你过着什么样凄惨的日子，那你也就丝毫没有对不起他的地方。"

"那么你真的相信，罗斯曼，一旦我放弃了这伺候人的差事，我的身体又会好吗？"

"毫无疑问。"卡尔说。

"毫无疑问？"罗宾逊再次问道。

"肯定毫无疑问。"卡尔微笑着说。

"那我马上就可以开始休养了。"罗宾逊说着端详起卡尔来。

"这话从何说起呢？"卡尔问。

"现在你该在这里接替我的工作了。"罗宾逊回答说。

"到底是谁对你这么说的?"卡尔问道。

"这早就安排好了。几天来议论的就是这事。事情的起因是,布鲁纳尔达痛骂了我一顿,骂我把房间收拾得不够干净。当然我保证过,我马上会把屋里的一切收拾得井井有条。但现在做起来非常困难。比如说吧,就我目前的身体状况,我无法爬到各个角落去抹掉尘灰。就是在房间的中央,也难以挪动身子,更何况在那些家具和一堆堆的东西之间呢? 而要想把一切都打扫得干干净净,那就免不了要挪开那些家具,这我一个人干得了吗? 再说这一切还必须干得一点响动都没有,因为几乎足不出户的布鲁纳尔达万万不可受到打扰。这样一来,我虽然保证过要把一切都收拾得整整洁洁,但事实上我却没有做到。布鲁纳尔达看到这情形后对德拉马舍说,不能再这样下去了,还得雇个帮工来。'我不愿意听到,德拉马舍,'她说,'你有一天会责怪起我持不好家。况且我是心有余而力不足，这个你毕竟看得到，而罗宾逊也不行了。当初他精力那么充沛，每个角落都不放过，可现在，他老是疲惫不堪的样子，常常坐在角落里动也不动。可像我们这样一个摆放着如此多家什的房间是不会自己整洁起来的。'随后，德拉马舍思索了一番该怎么办。当然不能随随便便雇一个人来操持这样一个家，即便试一试也不行，因为人家从各个方面窥视着我们。然而，正因为我是你的好朋友，而且从勒内尔那里听说你在饭店里备受劳苦的折磨，所以提议叫你来。德拉马舍立刻就同意了，尽管你当时曾经对他那么鲁莽。我能这样帮帮你，当然非常高兴。也就是说，这个位子对你尤为适合。你年轻、强壮，并且伶俐，而我已经一文不值了。我只不过想告诉你，你还没有完全被雇用；如果你不讨布鲁纳尔达喜欢，我们就不能用你。这就是说，你只有手脚勤快点，博得她的欢心。至于其他的事，我会来关照的。"

"要是我在这里当用人，那你干什么呢？"卡尔问道。他感到这样的轻松自在，罗宾逊介绍的情况最初在他心里引起的恐惧也烟消云散了。德拉马舍本来对他并不怀什么恶意，不过是想让他来当用人而已。要是他别有用心的话，这个多嘴的罗宾逊肯定是包不住的。假如真是这种情形的话，那他今天晚上就去道别。他们不能强迫任何人去接受一份差事。卡尔先前还很担心自己被饭店解雇后能不能及早地找到一个合适的、尽可能体面些的工作，以免受饥饿之苦，而现在，权衡着这个强加给他的、令他憎恶的差事，他觉得任何别的差事都比这好。他甚至宁可去忍受没有差事的困苦，也不愿接受这份差事。但他压根儿就不指望使罗宾逊会明白这些，尤其是现在不管怎样判断，罗宾逊都寄希望于卡尔来解脱他。

"因此，"罗宾逊边说边惬意地挥舞着手——他把两肘支撑在阳台栏杆上——"我首先要把一切都向你交个底，让你看看所有的家具。你受过教育，肯定写一手好字，你可以马上把我们这里所有的家具列出一个清单来。这是布鲁纳尔达早就梦寐以求的。如果明天上午天气好的话，我们就请布鲁纳尔达坐到阳台上去，这样我们就可以安心地干活，也免得惊扰她。罗斯曼，这个你要首先当心！万万别惊扰了布鲁纳尔达。她什么声音都听得到，大概因为是歌手，她的耳朵才那样敏感。比如说你要把放在那些箱子后面的酒桶滚出来，这势必会发出响声，因为它太重，而且到处都堆着杂七杂八的东西，你也难以一下子顺畅地滚过去。布鲁纳尔达静静地躺在沙发上，拍打着烦扰她的苍蝇，于是你以为她并不在意你，就继续滚你的酒桶。她依然静静地躺在那儿。然而，恰恰在你完全意料不到的时刻，在你最少发出响声的瞬间，她突然直坐起来，两手猛拍着沙发，弄得尘灰飞扬，连她的影子也看不见了——打我们住到这儿以来,我就没有打扫过那张沙发,我也无法打扫,她老是躺在上面——,并且开始令人吃惊地大喊大叫,像个男人的声音,一闹就是几个钟头。左邻右舍禁止她唱歌,但没有人能禁止她喊叫。她非喊叫不可。另外这事现在已经很少发生了,因为我和德拉马舍变得非常小心谨慎了。那样闹来闹去,也大大地损害了她的健康。有一回,她闹得昏过去了,当时德拉马舍正好不在家,我不得不叫来了邻居那个大学生。他从一个大瓶子里往她身上喷洒了一种液体,这也算救了她。但这种液体散发出一种十分难闻的气味,如果你现在将鼻子靠近沙发,依然闻得到。那个大学生肯定是我们的敌人,像这里所有的人一样。你也一定要提防着他们,别跟任何人打交道。"

"你呀,罗宾逊!"卡尔说,"这事可不是好干的。你这是为我谋了一份美差啊!"

"别担心!"罗宾逊说,他闭着眼睛摇了摇

头,为了消除卡尔一切可能的担心,"这个差事也有别的差事无可比拟的好处,你成天呆在像布鲁纳尔达这样一个太太身旁,有时候还同她睡在一间屋里,你可以想象,这会给你带来各种不同的安逸。你也会得到优厚的工钱。钱这儿有的是。可我作为德拉马舍的朋友一个子儿也得不到。只有我出门时,布鲁纳尔达才会给一点,可你自然会享受到应得的报酬,同其他用人一样。你真的同他们没有什么两样。但对你来说,最要紧的是,我将会大大地替你减轻工作负担。开始我当然什么都不干,为的是好好休养,但只要我稍一恢复过来,你就可以指望上我了。真正伺候布鲁纳尔达的事,只要不是德拉马舍干的,完全由我一手来承担,也就是说梳理和穿衣。你只需操心打扫房间,采购和干那些比较繁重的家务活就行了。"

"不,罗宾逊,"卡尔说,"这一切诱惑不了我。"

"别干傻事，罗斯曼！"罗宾逊紧紧地凑到卡尔的脸旁说，"别错过这个大好的机会。你去哪儿马上会找到一份工作呢？谁认识你？你又认识谁呢？我们这两条见多识广阅历丰富的汉子闯荡了数星期之久，连个工作的面也看不到。找工作可没那么容易，甚至困难得让你绝望。"

卡尔点点头，罗宾逊居然也能讲得这么入情入理，他很惊讶。但这些忠告对他则没有任何意义。他不能呆在这个地方。在大城市里，他准保还会找到容他立身的一席之地。他知道，所有的饭店酒馆通宵达旦挤得满满的，那儿需要人伺候顾客，他在这方面已经受过训练，会迅速而不知不觉地适应任何一种工作环境。正对面的那栋楼下开着一家小饭馆，从里面传出轰轰响的音乐声。大门上遮挂着一幅黄色的大帘子，时而吹来一阵穿堂风，帘子哗啦啦地朝巷子里飘动着。除此之外，巷子里自然变得安静多了。绝大多数阳台上都黑了灯，只有在远处，这儿或那儿还零零星星地亮着灯光，但你刚往那里看上一眼，那里的人也都站起身来。当他们拥着回房间的时候，最后一个留在阳台上的男人抓起灯，朝着巷子里瞥上一眼后便把灯关掉了。

"到现在夜晚才真的开始了。"卡尔自言自语说，"如果我继续在这里呆下去，那我便成为他们的囊中之物。"他转过身去，企图拉开门帘。"你想干什么？"罗宾逊说着闪身站到卡尔和门帘中间。"我想走，"卡尔说，"让开道，别拦我！""你不要执意去惊扰他们！"罗宾逊喊叫着，"你究竟瞎想些什么呢？"接着，他用手臂搂住卡尔的脖子，把自己全身的重量挂在卡尔的身上，两腿紧紧地卡住卡尔的腿，一下子把他拖倒在地上。但卡尔在那些电梯工中间学过一点格斗功夫，便出拳向罗宾逊的下巴打去，不过没有用力，完全出于宽容。而这家伙则不然，迅速而无所顾忌地用膝盖猛地往卡尔的肚子上一撞,然后却两手捂住下巴,开始大声号啕起来,吵得邻居阳台上一个男子愤怒地拍着巴掌嚷嚷"安静"。卡尔依然不声不响地躺了片刻,想克服罗宾逊的一击给他带来的疼痛。他只是把脸扭过去望着那门帘。门帘纹丝不动地垂挂在这显然黑洞洞的房子前。屋里好像一点动静也没有,也许德拉马舍同布鲁纳尔达出去了。卡尔已经有了完全的自由。罗宾逊这条彻头彻尾的看门狗终于给摆脱掉了。

这时,从巷子的远处传来一阵阵鼓号声。此起彼伏的喊叫声很快汇聚成共同的呐喊。卡尔扭头看到所有的阳台上又热闹起来了。他慢慢地爬起来,却不能完全直起身子,不得不沉重地靠在栏杆上。下面人行道上,一群年轻的小伙子正在大步向前走着。他们甩开手臂,高高地挥舞着帽子,把脸向后转去。行车道上依然空空荡荡。零零星星的人摇晃着挂在长竿上的灯笼。灯笼的周围笼罩着一层黄色的烟雾。

鼓手和号手列着纵队正步入灯光之下。卡尔见到这么一大队人，惊讶不已。这时他听见身后有动静，便转过身去，只见德拉马舍撩起那沉甸甸的门帘，接着布鲁纳尔达从黑洞洞的房间走出来。她身着那红色衣裙，肩头披着一条花边披肩，头上戴一顶黑色小帽，裹着可能没有梳理的、只是随便盘起来的头发，周围露出一缕缕的发梢。她手里拿着一把张开的小扇子，但没有扇动，而是将它紧紧地贴在身旁。

　　卡尔顺着栏杆挪到一旁，给两人留出位子。现在肯定没有人会强迫他留在这儿了。即使德拉马舍有意不让他离开，布鲁纳尔达也会接受他的请求立刻放他走。她压根儿就无法容忍他。他的眼睛使她胆战心惊。然而，当他抬腿朝门口走去时，她发觉后却问道："小家伙，要去哪儿？"面对德拉马舍严厉的目光，卡尔一时说不出话来。布鲁纳尔达把他拽到自己跟前。"难道你不想看看下面的游行吗？"她说着把卡尔推到自己面前的栏杆旁。"你知道这是怎么回事吗？"卡尔听见她在身后说，不由自主地动了动，想摆脱掉她的压力，但无济于事。他沮丧地朝下面的巷子望去，仿佛那儿是他沮丧的源头所在。

德拉马舍起先交叉着两臂站在布鲁纳尔达身后，后来他跑进屋里，给她拿来看剧用的望远镜。楼下，紧跟在乐手后面的是游行队伍的主体。在一个巨人的肩上，坐着一位先生。从这样的高处看去，映入眼帘的无非是他那黯然闪亮的秃头。他在头顶上方高高地挥舞着大礼帽频频致意。他的周围，人们举着一个个木牌，从阳台看去，呈现出一片白色的海洋。这些牌子排列得井然有序，一个个从四面八方向那位先生聚拢，使他高高地矗立在它们中间。一切都在行进之中，于是这道木牌组成的围墙不断地松动着，又不断地重新聚合着。外围的追随者一圈又一圈地把整个巷子堵得水泄不通，尽管他们——就人们在黑暗中能估计到的而言——

并没有延伸进巷子的纵深处；他们掌声齐鸣，在一片庄严的歌声中可能呼唤着这位先生的名字，一个简短而含糊不清的名字。少数几个人机敏地分散在人群中，打着光线特别强烈的车灯，忽上忽下，慢慢地掠过街道两旁的房子。在卡尔站着的高处，那灯光不再刺眼，而在下面的阳台上，灯光一掠上去，人们便急急忙忙地用手遮在眼前。

德拉马舍遵照布鲁纳尔达的盼咐，向邻居阳台上的人打听这集会是怎么回事。卡尔有点好奇地等着人家是否会和怎样来回答他。实际上，德拉马舍无可奈何地接连问了三次，却没有人搭理。他已冒着危险把身子俯在栏杆上。布鲁纳尔达轻轻地跺着脚，对这帮邻居的行为很生气。她的膝盖触到了卡尔身上。最终还是有人答话了，但同时也在那个挤满人的阳台上惹起了一片哄堂大笑。德拉马舍随即朝那边吼叫起来，声音之大简直要让所有的人都感到惊讶，亏得此时此刻整个巷子都沉浸在喧闹之中。无论怎么说，他的吼叫还是使笑声骤然停止了。

"明天将在我们区里选举一个法官，下面他们抬着的那位是候选人。"德拉马舍心平气和地回到布鲁纳尔达跟前说。"不！"他接着喊道，爱抚地拍着布鲁纳尔达的背，"我们压根儿不知道这世间发生了什么事。"

"德拉马舍，"布鲁纳尔达又提起邻居的行为说，"要是不那么费神的话，我多想搬走啊。但遗憾的是我轻易不能动了。"她唉声叹气，心神不定，恍恍惚惚，动手要解开卡尔的衬衣。卡尔一再竭力尽可能不声不响地推开这肥乎乎的小手。他也轻而易举地做到了，因为布鲁纳尔达的心思不在他身上。她完全沉浸在别的想法中。

然而，卡尔很快也忘记了布鲁纳尔达，容忍她的手臂搭在自己的肩上，街上出现的情形深深地吸引了他。一小队男人打着手势，行进在那个候选人的紧前面。他们的指挥肯定起着特别的作用,只见一张张出神的面孔从四面八方迎向他们。遵照他们的指令,游行队伍出人意料地停在那家饭馆前。这些领头人中有一个挥起手,向人群和那个候选人示意。人群里顿时鸦雀无声。那个坐在他人肩上的候选人一次又一次想立起身来,却又不得不一次又一次地坐回原位。他发表了简短的讲话。他边讲边飞快地挥舞着大礼帽。人们看得真真切切,因为在他演讲的时候,所有的车灯都对着他,使他处在一颗闪亮的星球中央。

然而,人们不难看出,整条街上的人都兴致盎然地参与了这件事。在站满这位候选人的追随者的阳台上,人们一同汇入呼唤着他名字的歌唱声里,让那远远伸出阳台栏杆的手像机器一样拍个不停。在其余甚或占多数的阳台上,唱起了一阵强烈的反调。他们当然不会取得统一的效果,因为他们属于各不相同的候选人。

但为了反对眼前出现的情形，这位粉墨登场的候选人的所有反对者继续汇聚成一片共同的起哄声，甚至连留声机都陆续地派上了用场。伴随着一种被夜晚气氛激烈化了的冲动，各个阳台之间展开了一场场的政治交锋。绝大多数男子已经换上了睡袍，身上只披着大衣；女人们把自己裹在深色的大披肩里；那些不为人注意的孩子们在阳台的边饰上让人不安地爬来爬去，已经睡了一觉的孩子们越来越多地从那黑洞洞的房间里走出来。时而有些被特别激怒的人朝他们的对手掷去一个个不知是什么的东西，有的击中了目标，但大多数都落在街道上，不时地在那里惹起一阵阵愤怒的吼叫。当下面那些领头的先生们觉得过分喧闹的时候，鼓手和号手便奉命一齐上阵，竭尽全力，鼓号齐鸣，无休无止，那响彻云天的信号直冲到每一栋房子的顶端，压倒了一切人的声音。而他们总是十分突然——人们几乎难以相信——地停下来，随即便是街道上那群显然训练有素的人如痴如狂地吼起他们的颂歌，吼声荡漾在瞬间出现的宁静之中。在车灯的照耀下，只见一个个大张着嘴，直到那些翻然醒悟，在这期间又以十倍的狂热，像先前一样从所有的阳台和窗口爆发出震天的吼叫，把下面刚刚取胜的那一派置于从这个高度来看至少是毫无声息的境地。

"你觉得怎么样，小家伙？"布鲁纳尔达问道。她紧贴在卡尔身后转来转去，想用望远镜尽可能俯瞰眼前的一切。卡尔只是点了点头，同时发现罗宾逊正在热心地向德拉马舍报告着显然是有关卡尔行为的各种情况。但德拉马舍似乎不当回事，他用右手搂抱着布鲁纳尔达，用左手一再竭力把罗宾逊往一边推。"你不想用望远镜看看吗？"布鲁纳尔达边问边拍着卡尔的胸膛，让他知道是在同他说话。

"我看够了。"卡尔说。

"试一下吧，"她说，"你会看得更清楚。"

"我眼睛很好,"卡尔回答说,"一切都看得到。"当她要把望远镜架到他的眼前并拿腔拿调、咄咄逼人地说了个"你!"时,他觉得这不是什么盛情,而是一种骚扰。望远镜已经架到了他的眼睛上,可他实际上什么也看不见。

"我什么也看不见。"卡尔说着想推开望远镜,但她却死死地按住不动。卡尔的脑袋被夹在她的怀里,前后左右动弹不得。

"你现在可以看见了。"她边说边转动着望远镜的旋钮。

"不,我依然什么也看不见。"卡尔说,寻思自己无意中真的让罗宾逊解脱了,布鲁纳尔达那不堪忍受的喜怒哀乐现在发泄到了自己身上。

"你到底什么时候才看得见呢?"她边说边继续转动着——卡尔整个脸上都感觉到了她那沉重的喘吁——旋钮。"现在呢?"她问道。

"看不见,看不见,还是看不见!"卡尔喊道,尽管他现在实际上可以辨认出一切,虽然不太清晰。恰好这时布鲁纳尔达同德拉马舍有什么话要说，她手里的望远镜不再紧紧地架在卡尔的眼前，卡尔便可以通过望远镜的下方俯瞰着街道，并没有引起她特别的注意。后来，她也不再固执己见，自己又用上了望远镜。

从下面那家饭店里走出一个跑堂的。他匆匆忙忙，门里门外出出进进，接受着那些领头人预订酒水。只见他伸长脖子踮起脚尖，往饭店里面张望，想多喊些人出来服务。很显然，他们正在准备一个盛大的酒会。这期间，那个候选人继续着他的演说。他每讲几句话，那个专门负责架着他的巨人就转一小圈，好让他的话传进四面八方的人群里。候选人大多都曲着身子，不停地挥动着两手和大礼帽，力图赋予自己的演说尽可能多的说服力。但有时候，一阵阵的激情以几乎富有规律的间隔突然在他的心中闪现，他便伸开手臂挺起身，不再是讲给一群人，而是讲给所有的人听，他要冲着所有这些楼里的居民讲演，直到最顶层。然而事情非常清楚，即使在最下面的几层，也没有人能听见他的声音。即便有这个可能，可谁又愿意去侧耳静听呢？因为每扇窗前，每个阳台上，至少都有一个演讲者在大喊大叫着。这时，几个跑堂从饭馆里抬出一张台球桌大小的台子来，上面摆放着的斟满酒的杯子闪闪发光。那些领头的人出来组织分发，饮酒的人列队从饭店门前通过。尽管台子上的酒杯不停地斟了又斟，还是满足不了这群人的需要。两排负责斟酒的小伙子不得不穿梭在台子的左右，一刻不停地伺候着他们。那位候选人当然也停止了演说。他利用这个间歇，重新积蓄力量。在离人群和强光不远的地方，那个巨人架着他慢慢地走来走去，只有几个最亲近的追随者在那里陪伴着他，仰起脖子同他说话。

"你瞧这小家伙，"布鲁纳尔达说，"他看得入了迷，竟忘了自己在哪儿。"接着她出乎意料地用两手把他的脸朝自己扭过来，直视着他的眼睛。但这只是瞬间的事，卡尔马上就甩脱了她的手。他讨厌他们不让他有一时一刻的安宁，同时兴致勃勃地想到街上去，就近把一切看个仔细，于是他竭尽全力试图摆脱布鲁纳尔达的压力，并且说道："请你放我走吧！"

"你要留在我们这里。"德拉马舍说，目光没有从街上移开，只是伸出一只手，阻止卡尔离去。

"放开手！"布鲁纳尔达说着挡去德拉马舍的手，"他不是已经留下了吗？"说完她进一步把卡尔挤到栏杆上。要是摆脱开她，卡尔似乎只能跟她扭打起来。但是那样，即使他成功了，又能得到什么呢！他左边站着德拉马舍，右边立着罗宾逊，他陷入了真正的牢笼之中。

"没把你从这儿抛出去，算你走运。"罗宾逊边说边用一只从布鲁纳尔达的胳膊下面穿过去的手拍着卡尔。

"抛出去？"德拉马舍说，"一个逃跑的小偷，人们是不会抛出去了事的，而是要把他交给警察。如果他不老老实实的话，明天一早就送他去。"

从这时起，卡尔对下面的场景再也没有了兴致。他无可奈何地把身子稍稍俯在栏杆上，因为布鲁纳尔达使他无法直起身来。他满怀忧虑，心不在焉地望着下面那些人。他们大约二十来个列成一队，走到饭店门前，抓起酒杯，转过身，向那位正在养精蓄锐的候选人挥动着杯子，致以同党的问候，一饮而尽。然后他们又将杯子放回台子上，为已经等得急不可耐而嚷成一片的下一队人让出位子。他们放杯子的时候，总是发出丁丁当当的响声，但在这个高度却听不见。奉领头人之命，一直在饭馆里面演奏的乐队也搬到了街上。他们那高贵的吹奏乐器在黑糊糊的人群里闪射出光芒，但他们的演奏几乎淹没在这一片喧闹声中。街道上，至少在那家饭店的一边，人越来越多。从卡尔早上乘车到达的那个地方，一群群的人蜂拥而下；从桥头那边，一堆堆的人又蜂拥而上；就连住在这些楼里的人也抵不住诱惑，非得亲身去参与到其中不可。阳台上和窗户前几乎只剩下了女人和孩子，而男人们纷纷从下面的大门口拥了出去。这样一来，音乐和酒宴终于达到了目的，集会也有了足够的规模。一位由两盏车灯护送的领头人挥手让乐队停止，并吹出一声响亮的口哨，只见那个有点不知所措的巨人架着候选人，穿过一条由追随者打开的通道，迅速地走过来。

他刚一到饭店门前，那个候选人便开始了新的演说，所有的车灯都聚拢在他的周围照耀着他。但眼下一切都比先前更艰难了，巨人再也没有了一丝活动的余地，四下挤得水泄不通。那些最亲近的追随者先前还想方设法，竭尽全力，努力扩大候选人演说的影响，现在也难以紧随在他的身旁。约摸有二十来个人全力以赴才抓着那巨人。然而，连这个无比强壮的汉子也无法再随意挪出一步，无论是转变方向还是趁势前进，或者退避，都不再可能对人群施加什么影响。人群像潮水一般漫无目的地涌流着，一浪压过一浪，也没有人再直立得起来。随着新的观众的加入，反对派的势力似乎加强了很多。巨人在饭店门旁停了好久，现在也只好毫无反抗地随着人流，顺巷子一上一下地漂去。那位候选人依然说个不停，但谁还说得清楚，他是在阐述自己的纲领呢，还是在请求支持。如果一切不是错觉的话，也出现了一个反对派候选人，或者数个，因为人们时而看到，在一片突然亮起的灯光下，从人群里高高地冒出一个脸色苍白紧握拳头的汉子发表着让众人欢呼支持的演说。

"那儿究竟发生了什么事？"卡尔转向夹着他的人问道。他被这情形弄得糊里糊涂，连气都喘不过来了。

"这小家伙看得来劲了。"布鲁纳尔达对德拉马舍说。她托住卡尔的下巴,想把他的脑袋拉到自己跟前。但卡尔不愿意让她这样做,街上所发生的情形使他更加大胆了。他使劲地晃动着身子,直晃得她不仅松开了手,而且向后退去,使他完全自由了。"现在你看够了吧!"她说,卡尔的行为显然惹怒了她,"进屋去,铺好床,准备停当过夜的一切。"她伸出手,指向房间。这正好是卡尔几个钟头以来梦寐以求的方向,他没有说一句反对的话。这时,从街上传来许多摔酒杯的劈啪声。卡尔情不自禁地又迅速跃到栏杆前,想再匆匆向下看几眼。反对派的一次袭击,也许是一次决定性的袭击如愿以偿了。追随者们借助车灯的强光,至少让那些主要场面一幕一幕地表露在大庭广众之下,从而把一切都维持在一定的范围内。但顷刻间,他们的车灯全都给砸了个粉碎,候选人和巨人此刻都被笼罩在晃悠不定的普通灯光下。在这灯光突然延伸向四方的瞬间,那里就像蒙上了一片漆黑。现在似乎也无法说出那位候选人身在何处。一阵刚刚响起的、同声齐唱的洪亮歌声从下面,从桥那边越来越近地传过来,这更加增添了黑暗的迷茫。

"难道我没告诉你现在要做什么吗?"布鲁纳尔达说。"快点,我困了。"她补充说,然后高高地伸起手臂,使她的乳房显得比平常隆起得更高。德拉马舍依然还搂抱着她,将她拽到阳台的一个角上。罗宾逊跟在他们后面走去,要把他吃剩下的、还放在那儿的东西推到一边。

这是一个大好时机,卡尔一定要充分利用它,现在没有闲工夫往下看了。要是到了下面,他有的是时间,比在这上面要多得多,还会把街上发生的情形看个够。他三步并作两步,急忙穿过这个灯光微微泛红的房间。但门锁着,钥匙也被拔走了。现在一定要找到钥匙。可有谁能在这乱糟糟的一摊子里,甚至在这能够由卡尔支配的短暂而宝贵的时间里找到一把钥匙呢？不然他已经到了楼梯上，会拼命地跑去。而他现在却寻找着那把钥匙！他找遍所有能翻找的抽屉，翻遍那张上面堆放着各式各样的餐具、餐巾和一块刚起了头的刺绣活的桌子。他的眼睛盯到了一把扶手椅上，上面乱七八糟地堆放着旧衣物，钥匙也可能就放在里面，但决不会找到的。最后他扑到那张确实闻着令人恶心的沙发上，摸遍所有的角落和缝隙寻找钥匙。后来他干脆不找了，站在房间的中央发愣。布鲁纳尔达肯定把钥匙挂在她的腰带上，他自言自语说，她腰间挂着那么多东西，无论怎样找都是徒劳的。

于是卡尔冒失地抓起两把刀子，将它们插进门缝里，一把在上面，一把在下面，以便获得两个相互分离的作用点。他用力一撬，刀刃自然断成两截。他不求别的，要的就是这样。他现在可以将这两把刀子的剩余部分往里面插得紧些，这样它们或许会夹得越发牢靠。然后他张开两臂，叉开双腿，使出全身的力气撬，同时边呻吟边仔细地注视着门。它也许不会再扛多久，因为他欣喜地听到，锁舌发出了清晰可闻的松动声。但撬得越慢，就越保险，千万不能让锁猛地弹开来。不然就会惹起他们在阳台上的注意。更确切地说，锁一定要十分缓慢地相互脱开，因此卡尔干得百倍小心，眼睛不停地靠近锁。

"看看吧！"他这时听到了德拉马舍的说话声。那三个人站在房间里，门帘在他们身后已经拉上了。卡尔想必没有听见他们进来。他一看见这情形，两手顿时从刀子上垂落下来。但还没容他解释一句或说声原谅，德拉马舍就迫不及待怒气冲冲地向卡尔冲过来。他那脱开的睡袍带在空中飘成一具壮观的造型。卡尔在最后的关头才闪身躲过了这一下。他本可以从门缝里抽出刀来借以自卫，但他没有这样做，而是飞身跃起抓住德拉马舍那宽大的睡袍领子,将它往上一翻,然后又一拉——这件睡袍穿在德拉马舍身上实在太大了——,便蒙住了德拉马舍的脑袋。他没料到这一招,先是盲目地挥舞着两手,过了一会儿才用拳头打在卡尔的背上,但并没有完全用上劲儿。卡尔为了保护自己的脸不受伤害,便扑到德拉马舍的怀里。雨点似的拳头使卡尔痛得蜷缩着;铁锤般的拳头越打越重,但他一直忍受着。他怎么会不忍受这疼痛呢?他看见胜利就在眼前。他两手按着德拉马舍的头,大拇指正好压在他的眼睛上,想将他朝着那一大堆乱七八糟的家具上推去,同时又用脚尖撩起那条睡袍带,缠到德拉马舍的脚上,想将他绊倒。

然而,由于他全力以赴地对付德拉马舍,何况觉得这家伙的反抗越来越强烈,对手的躯体也越来越死死地顶着他,卡尔竟忘记了自己不单单是在跟德拉马舍较量。但说什么也来不及了。他的两脚突然不听使唤,被扑到他身后的罗宾逊喊叫着按住了。卡尔唉声叹气地甩开了德拉马舍。德拉马舍又往后退了一步。布鲁纳尔达叉开两腿,屈着双膝,挺着整个身子站在房间中央,睁着闪闪的眼睛,关注着眼前发生的情形。她深深地呼吸,两眼死死盯着,并慢慢伸出拳头来跃跃欲试,仿佛她真的要参加战斗。德拉马舍把睡袍领子翻下来,目光重新获得了自由。这时当然不再是什么战斗了,而纯粹成了一种惩罚。他抓住卡尔的胸前,几乎把他提离地面,轻蔑得根本连看都不看一眼,然后将他狠狠地扔到一个相距几步远的柜子上,撞得他头和背锥心刺骨的疼。一时间,卡尔还以为这打击直接来自德拉马舍的拳头。"你这个无赖!"卡尔睁着惊恐的双眼在昏暗中听到德拉马舍大声吼道。在他昏倒在柜子前的一瞬间,"你就等着瞧吧!"的话音还模模糊糊地回响在他的耳边。

当他苏醒过来的时候,四周一片漆黑,也许还是后半夜。从阳台那边,一丝微弱的月光从帘子下面透进房间。只听见三个沉睡的人安稳的呼吸声,尤其是布鲁纳尔达的最响亮,她沉睡中呼哧呼哧地喘着气,就像她间或说话时一样。但让人一下子难以判定这三个沉睡者各自躺着的方位。整个房间里充斥着他们呼吸的轰鸣声。卡尔稍稍审视了四周之后才想到他自己。这时他非常吃惊,尽管他感到浑身疼得缩成一团,四肢僵直,但他确实没有想到自己会遭受这么严重的流血创伤。他觉得脑袋沉甸甸的,整个脸面、脖子和胸膛都像血染了一样,湿糊糊的。他必须爬到亮处去,要把自己的伤势弄个明白。也许他被打成了残废,这样德拉马舍准会把他一脚踢开。可他往后该怎么办呢?到了那般地步,他真的再也不会有活路了。他突然想起那个长着酒糟鼻子坐在门道的小伙子,两手捂着自己的脸愣了好一阵子。

然后他不由自主地转身朝门口望了望，匍匐着摸索过去。不一会儿，他的指头触到了一只靴子，接着又是一条腿。这是罗宾逊，不然还有谁会穿着靴子睡觉呢？他奉命躺在门前，以防卡尔逃走。但他们到底知道不知道卡尔的伤势呢？他暂时还不打算逃跑，只想爬到亮处去。如果他无法走出这道门，那他就得到阳台上去。

他发现那张餐桌已经摆到别的地方了，不像昨天晚上那样。卡尔小心翼翼地摸近沙发，奇怪的是上面空空的。相反，他在房间中央撞到了一堆压得严严实实，摞得高高的衣物、被子、帘子、垫子和地毯上。起初他心想，这不过是一小堆衣物，像他昨晚在沙发上看到的那堆一样，大概滚到地上了。可当他继续向前爬行时，却惊讶地发现，这里简直堆着一整车那样的东西，也许是晚上从柜子里拿出来用，白天又放回里面。他绕着这堆东西爬过去，很快就辨认出这一切堆成了床的样子。他小心翼翼地摸了摸，确信德拉马舍和布鲁纳尔达就睡在这高高的一堆上面。

现在他终于弄清了他们睡在哪儿，便急忙朝阳台爬去。他爬过那堆帘子，很快挺起身。这里完全是另外一个世界。呼吸着清爽的夜间空气，沐浴着皎洁的月光，他在阳台上几次踱来踱去。他望着街道，那里一片寂静。只是从那家饭店里依然传来隐隐约约的音乐声，门前有位男子在清扫人行道。在这条昨天夜里乱七八糟嚷成一片、竞选候选人的叫喊与数以千计的喊声乱作一团的巷子里，现在听到的只是那扫帚擦在铺石路面上的清晰的沙沙声。

邻居阳台上一张桌子的移动把卡尔留意的目光吸引过去，有人正坐在那里学习。那是一位小伙子，留着一把山羊胡子。伴随着嘴唇迅速地动来动去，他一边读书，一边不停地捻着胡子。他面向卡尔，坐在一张堆满书籍的小桌前。他取下挂在墙上的白炽灯,夹在两本大书之间,耀眼的光线将他照得通亮。

"晚上好!"卡尔说,他以为自己看见这个年轻人朝他这边瞟了一眼。

但他弄错了,这个年轻人根本就没有看见他。他把手搭在眼睛上方,遮住光线,想看看是谁在突然跟他打招呼。但他还是什么都看不到,于是便举起灯,借灯光稍稍照亮邻居的阳台。

"晚上好!"小伙子然后也说道,目光敏捷地朝这边望了好一阵子,接着补充说,"有什么事吗?"

"我打扰你了吗?"卡尔问道。

"当然,那还用问!"小伙子说着把手里的灯又放回原地。

这几句话无疑回绝了任何交往的可能。尽管如此,卡尔还是没离开靠小伙子最近的阳台角。他不声不响地注视着小伙子一页接着一页埋头看他的书，时而又飞快地抓来另一本书，参阅着什么，并且随时记到一个本子里。这期间，他总是令人惊诧地将脸深深地埋在笔记本上。

他也许是个大学生吧？看上去他好像在潜心学习。卡尔在家里的时候——已经过去好久了——，他也是这样坐在父母亲的桌旁写他的作业，跟这小伙子没有什么两样。而父亲不是看报，就是记账或是为一家协会处理信函；母亲忙着做针线活，一针一线地从布料里穿进穿出。为了不打扰父亲，卡尔只把本子和笔摆到桌子上，而把所必需的书籍整齐地堆放在自己左右两侧的椅子上。那儿曾经是多么宁静啊！有几个陌生人会走进那间屋子吗？在孩提时代，卡尔总喜欢看着母亲傍晚时分用钥匙锁上门。可她哪里知道，她的卡尔现在落到如此境地，竟想用刀子撬开陌生人家的门。

那么，他的全部学习达到了什么目的呢？他真的都忘掉了。如果要他在这儿继续学习的话，那对他实在太困难了。他回想起在家里时，自己曾病过一个月，可过后为了补上所耽误的课程，不知付出了多少艰辛啊！而眼下，除了那本英语商务信函教科书外，他已经好久不摸书本了。

"喂，小伙子，"卡尔突然听见有人同他说话，"你能不能站到别处去呢？你发呆似的看着我，实在叫我心神不安。深夜两点钟了，我总可以要求能不受干扰地在阳台上工作吧。难道你有什么事求我吗？"

"你在学习？"卡尔问道。

"是的，是的！"小伙子边说边利用这个反正无法学习的时刻，重新整理起他的书籍。

"这么说我就不想打扰你了，"卡尔说，"我这就回屋去。晚安！"

小伙子根本不再搭理。在排除了干扰以后，他突然下定决心，重新投入学习，并将额头重重地托在右手上。

卡尔走到门帘跟前时才想起自己究竟为什么出来了。他还根本没有弄清自己的伤势。是什么东西这样压在自己的脑袋上呢？他伸手上去一抓，吃了一惊，头上没有流血的伤口，并不像他在房间的黑暗中所担心的那样。原来头上只有一条像头巾模样的潮湿的绷带。从那些四处悬挂着的絮梢推断，这绷带可能是从布鲁纳尔达的一件旧衣服上撕下来的，由罗宾逊草草地绑在卡尔的头上。他只是忘记了拧干水，因此，在卡尔昏迷不醒时，那么多的水流过他的脸，流到衬衫里，引起他那样的恐惧。

"你还在那儿站着？"那人边问边眯起眼睛往这边看。

"我现在真的要走了，"卡尔说，"我在这儿不过是想借光看看，房间里漆黑一团。"

"你到底是什么人？"小伙子问道，他说着把手里的笔放到面前翻开的书本里，走到栏杆跟前。"请问尊姓大名？你怎么跟那帮人凑到一起呢？你在这儿已经好久了吧？你究竟想看什么呢？你还是打开你那儿的灯吧，好让人能看见你。"

卡尔打开了灯。但他在回话之前，把门帘又拉得严实些，免得让屋里的人发现。"对不起！"然后他悄悄地说，"我这样小声同你说话。要是让里面的人听见了，免不了又一次吵闹。"

"又一次？"这人问道。

"是的，"卡尔说，"昨夜我刚刚同他们大吵了一场。我这里肯定还有一个可怕的肿块。"说完他摸了摸自己的后脑勺。

"究竟为什么吵呢？"小伙子问道，见卡尔没有立即回答便补充说，"你可以把你心头上对这帮家伙的怨恨全部无忧无虑地告诉我，我也恨死了这三个家伙，尤其是那个女人。再说，如果他们还没有挑拨你来恨我的话，那才叫我感到奇怪呢。我叫约瑟夫·门德尔，是个大学生。"

"不错,"卡尔说,"已经有人跟我谈到过你,不过没有什么大不了的。你给布鲁纳尔达太太治过一次病,是吗?"

"有这回事,"大学生边说边笑,"沙发上的那股气味还闻得到吗?"

"噢,闻得到。"卡尔说。

"这倒叫我心里乐滋滋的,"大学生说着用手掠过头发,"那他们为什么把你打成这样呢?"

"我们之间发生了一场争吵。"卡尔说着寻思起该怎样来向这位大学生解释。但他话到嘴边又收了回去,然后问道:"难道我不打扰你吗?"

"其一呢,"大学生说,"你已经打扰了我。遗憾的是,你弄得我非常烦躁,需要好长时间才能重新恢复平静。打你开始在阳台上踱步以来,我就无法再学下去了。其二呢,我总是在三点钟要休息一下。你只管放心地讲吧。我对此也感兴趣。"

"事情很简单,"卡尔说,"德拉马舍要我在他这儿当用人，可我不愿意。我恨不得昨天晚上就走开。他不放我走，把门锁上了，我要撬开门，于是就扭打在一起。不幸的是，我还在这儿。"

"你有没有别的职业？"大学生问道。

"没有，"卡尔说，"但我一点也不在乎这个，我只是想离开这儿。"

"你说得倒好听，"大学生说，"你一点也不在乎这个？"接着两人都沉默了一会儿。

"你究竟为什么不愿意留在他们这里呢？"大学生然后问道。

"德拉马舍不是个好人。"卡尔说，"我早就认识他。我曾经与他同行过一天。跟他分道扬镳了，真是万幸。难道现在要我来当他的用人吗？"

"但愿所有的用人在选择主人时别像你这样挑剔！"大学生说，似乎露出了笑脸。"你看看，我白天当售货员，而且是最低级的售货员，更确切地说是蒙特立百货商店的听差。这个蒙特立是个地地道道的恶棍,而我却一点也不在乎,叫我恼火的只是他给我的工钱太可怜。你就跟我学着点吧!"

"怎么?"卡尔说,"你白天当售货员,晚上学习?"

"是的,"大学生说,"没有别的办法。我什么样的可能都试过了,而这种生活方式还算是最好的。几年前,我一天到晚只管读书,你可不知道,我险些都给饿死了。那时我住在一间肮脏不堪的旧棚子里,穿着那身衣服不敢去上课。但这已经成为过去了。"

"可你什么时候睡觉呢?"卡尔边问边惊奇地打量着大学生。

"噢,睡觉!"大学生说,"我学习完了再去睡觉,暂且先喝杯黑咖啡吧。"他转过身去,从自己的书桌下取出一个大瓶子,将咖啡倒进一只杯子里,然后一口气灌了进去,就像人们匆忙吞服药水似的，尽可能少地尝到它的滋味。

"这黑咖啡可是灵丹妙药，"大学生说，"只可惜你离我这么远，我也无法给你递过去一点。"

"我不喜欢喝黑咖啡。"卡尔说。

"我也一样，"大学生说着哈哈笑起来，"但我没有它怎么办呢？没有这黑咖啡，蒙特立一刻也不会容下我。我口口声声说蒙特立，可那家伙当然不知道这个世上还有个我。要是我不在那儿的柜台里随时预备好这样一大瓶咖啡的话，我简直无法想象，自己站柜台时会出什么洋相。我还从来没敢停止过喝咖啡。不过你相信我好了，不然我会很快倒在柜台后睡起大觉的。可惜这事谁都知道，他们管我叫'黑咖啡'。这是瞎胡闹，无疑也大大地影响了我的晋升。"

"那你什么时候会完成学业呢？"卡尔问道。

"进展缓慢。"大学生垂头丧气地说。他离开栏杆，又坐到桌子前，两肘支在那本翻开的书上，双手掠过自己的头发，然后说："可能还需要一两年吧。"

"我本来也想上大学。"卡尔说,似乎这种情况赋予他一种权利,要求得到这位此刻保持缄默的大学生更大的信任。

"原来是这样,"大学生说,不知他是又看起他的书呢,还是心不在焉地痴望着,"你放弃了上大学,应该感到高兴。几年来,我自己学习真的不过是出于惯性。我从中既得不到什么满足,前途更是渺茫。我究竟还要什么前途呢?假冒博士遍及美国。"

"我本来想成为工程师。"卡尔又急切地对这位显然已经毫不在意的大学生说。

"那你现在要留在这伙人身边当用人,"大学生说着漫不经心地抬头看看,"这当然使你痛心了。"

大学生的这番结论无疑是一种误解。但卡尔也许能够利用他这个误解,因此问道:"那我能不能在那家百货商店里找到一份工作呢?"

这个问题一下子把大学生从他的书本上完全吸引过来了，但他根本就没有考虑能不能帮助卡尔找份工作。"你试试吧！"他说，"或者你最好别试了。我在蒙特立那里找到了工作，这是我迄今最大的成功。如果要我在学习和这份工作之间选择的话，我当仁不让地选择工作。我的一切努力就是冲着一个目的，避免出现这种选择的必要性。"

"在那里找一份工作就这么难吗？"卡尔更多是说给自己听的。

"啊哈，你究竟在想些什么呀！"大学生说，"在这儿能当选上地方法官，而在蒙特立那里也未必能当上看门人。"

卡尔沉默着。这位大学生的确远比他见多识广，而且出于卡尔尚不知道的原因憎恨德拉马舍，因而肯定不会对卡尔怀什么坏心。但他一句鼓动卡尔离开德拉马舍的话也不说。同时，他也根本不知道卡尔遭受警方威胁，身处险境，是德拉马舍半途救他脱离了危险。

"昨天晚上你观看了下面的游行,是吗?不了解情况的人准会以为,那个候选人——他叫罗普特——会有当选的希望,或者他至少在考虑之列,不是吗?"

"我对政治一窍不通。"卡尔说。

"这是个缺点。"大学生说,"姑且不论这个,有目可睹,那个人无疑有朋友,也有敌人,这个你该不会视而不见吧。那么你现在想想吧,依我看,那个人毫无当选的希望。我是偶然得知他的全部底细的,我们这里正好住着一个认识他的人。他并非等闲之辈,就他的政治见解和政治生涯而言,这个区最合适的法官似乎非他莫属。但没有人认为他会当选。他会落选的,他要的就是这样轰轰烈烈的落选。大概为这场竞选他把自己手头的几个钱都扔进去了,这就是全部的结局。"

卡尔和大学生相视着沉默了一会儿。大学

生微笑着点点头,用一只手揉了揉困倦的眼睛。

"好吧,你还不去睡觉吗?"然后他问道,"我又该学习了。你瞧瞧,我还有多少东西要仔细看呢。"说完他迅速地翻了半本书,想让卡尔明白有多少功课还在等着他去做。

"那好吧,晚安!"卡尔说,并且躬身告辞。

"欢迎您有空到我们这儿来坐坐!"大学生说着又坐在桌子前,"当然只是在你有兴致的时候。你在这儿随时都会同好多人交往。晚上从九点到十点,我也有空与你为伴。"

"这么说你是劝我留在德拉马舍这儿了?"卡尔问道。

"一定要留下。"大学生说着一头埋进他的书堆里,好像这句话根本就不是他说的,而是出自于一个更深沉的声音,它久久回响在卡尔的耳际。卡尔慢慢地走到门帘前,又朝这位在黑夜中独自纹丝不动地坐在灯光下的大学生瞥了一眼,然后蹑手蹑脚地摸进屋里。迎接他的是三个沉睡者浑然一片的呼吸声。他顺墙寻找着那只沙发，摸到后就伸开四肢安然地躺在上面，好像它就是自己习以为常的床铺。由于这位既对德拉马舍和这里的情况了如指掌，又有文化的大学生劝他留在这儿，他暂且什么也不去想了。他不像这位大学生胸怀那么高的目标。谁知道，即使在家乡，他能不能善始善终地完成学业呢？如果在家乡都几乎不可能实现的目标，谁也不能要求他在异国他乡去完成。然而，他无疑更希望找到一份工作，干出一番成绩来，要让人们刮目相看。他暂且接受在德拉马舍这儿当用人，有了栖身之地，再等待有利时机。在这条街上，好像坐落着许多中等和下等办事处，它们招聘办事人员也许不会太苛求吧。万不得已时，他宁愿去当售货员，但他毕竟不是绝对没有可能被雇去专门干办公室的工作。到了那个时候，他会以办事员的姿态坐在自己的办公桌前，透过敞开的窗户，无忧无虑地向外望去，就像他今天一早穿过那些庭院时看见的办事员一样。他合上眼睛，自己在心里安慰起自己，他还年轻，德拉马舍总有一天会放他走的。这个家看上去也不像真的有安居乐业的打算。一旦卡尔谋到那样一份差事，他就要全力以赴去干他的办公室工作，决不会像这个大学生那样分散精力。如果有必要的话，他还要把晚上的时间也用到办公室上。刚开始，由于他事先缺少商业知识训练，人家反正会这样要求他的。无论他为哪一家商店干，都要一心想着那家的利益，任劳任怨，乐意承担一切工作，哪怕是别的办事员不屑一干的事。这些良好的意愿一齐涌入他的脑海，仿佛他未来的老板就站在沙发前，从他的脸上察看着他内心的意愿。

　　伴随着这样的想法，卡尔进入了梦乡。只是当他还处于半睡半醒的状态时，布鲁纳尔达一声惊天动地的叹息惊扰了他。她显然遭受着噩梦的折磨，身子在铺上翻来覆去。

# Franz Kafka
Das erzählerische Werk

## Der Verschollene

清晨，
......

清晨，卡尔刚一睁开眼睛，罗宾逊就喊道："起来，起来！"阳台门帘还没有拉开，但从缝隙间透射进来的一道道阳光可以看得出，现在是上午什么时分。罗宾逊急匆匆地跑来跑去，一副提心吊胆的样子。他一会儿拿毛巾，一会儿提水桶，一会儿又取衣物。每当他从卡尔身旁经过时，总是试图点点头催促他起来，或者举举拿在手上的东西，让卡尔看看他今天最后一次是怎样辛苦操劳的。第一天早上卡尔对服务的细节当然一无所知。

但卡尔很快就看到，罗宾逊到底在伺候谁。他现在才发现这屋子里有一个由两个柜子隔开的小间，里面正在举行一场盛大的洗身式。只见布鲁纳尔达的脑袋、光秃的脖子——头发正好披在脸上——和肩膀的上部露在柜子上面，德拉马舍不时地挥起手，捧着一块水花四溅的海绵,为布鲁纳尔达搓洗身子。只听见德拉马舍在向罗宾逊下着一道道简短的命令。通往隔间的过道现在已经堵上了,罗宾逊只有靠着从一个柜子与一道西班牙式墙之间的空隙递去所要的东西。每次递去东西时,他总要扭着脸,将手狠劲地伸过去。"毛巾!毛巾!"德拉马舍喊道。而正在桌子下面寻找着别的什么东西的罗宾逊,吃惊得几乎还不明白是怎么回事,刚从桌子下面收回的脑袋便又听见他在喊:"水在哪儿呢?见鬼!"说着德拉马舍将怒不可遏的面孔高高地伸在柜子上面。在卡尔看来,一切用于洗身和穿戴的东西本来只要一次拿去就行了,可在这里却以繁复的顺序要个没完,送个没了。在一个小电炉上,始终放着一桶水在加热,罗宾逊提着沉重的水桶,叉开两腿,不停地向洗身间送去热水。这一个接一个的工作难免使他不出差错,始终确确切切地照命令办事。有一次,人家要一条毛巾时,他顺手从房间中央那一堆床铺上拿来一件衬衫，卷成一团从柜子上面扔了过去。

但德拉马舍也是够辛苦的，也许他之所以这样生罗宾逊的气——由于他神经过敏，干脆就不理睬卡尔——，就是因为他自己无法使布鲁纳尔达满意。"啊！"她喊叫起来，连本来自顾不暇的罗宾逊也吓了一跳，"你干吗要折磨我呀！滚开！我宁可自己洗，也不愿意受这样的折磨。现在我又无法抬起胳膊了。你压我的时候，我难受得险些吐了出来。我的背上肯定到处是青一块紫一块。当然你是不会告诉我的。等着吧，我要叫罗宾逊来看看，或者是我们那个小东西。不，我真的不能这样做，可你要温柔些。要细心，德拉马舍！这话我天天早上重复来重复去，你就是听而不闻无所顾忌，一而再再而三。罗宾逊，"接着她突然喊道，并在头顶上挥舞着一条三角裤头，"来帮帮我，看看我怎样遭受折磨。这种折磨他称之为洗身，好个德拉马舍。罗宾逊，罗宾逊，你在哪儿？你还有良心吗？"卡尔默不作声地用手指示意罗宾逊还是去的好，但罗宾逊垂下两眼，轻蔑地摇摇头。他自己心里更明白。"你瞎想些什么呀？"罗宾逊贴到卡尔耳边说，"她可不是那个意思。我只去过一次，不会再有第二次了。当时，他们俩抓住我，将我塞进浴盆里，我险些儿给淹死了。布鲁纳尔达一天到晚骂个不停，骂我不知羞耻。她总是喋喋不休地说：'你现在可好久没有看我洗身了。'或者'你到底什么时候再来看我洗身呢？'直到我跪下一再求饶，她方才罢休。这些我将终生难忘。"在罗宾逊讲述这些的时候，布鲁纳尔达不停地喊道："罗宾逊！罗宾逊！你个罗宾逊到底在哪儿呢？"

尽管没有人去帮她的忙，甚至连一句话也不回——罗宾逊坐到卡尔跟前，两个人一声不响地朝柜子望去，德拉马舍或布鲁纳尔达的脑袋时而从上面露出来——，但布鲁纳尔达依然一个劲地大声抱怨着德拉马舍。"德拉马舍,"她喊道,"我现在一点儿也感觉不到你在为我洗身子。你把海绵放到哪儿去了? 你倒用点劲呀! 我要是能够弯下身去,我要是能够自己挪动该多好啊! 我要叫你看看怎么洗。我当姑娘的时候,就住在河那边父母亲的庄园里,每天早上在克罗拉道河里游泳,是我所有的女朋友中最灵活的一个。可现在! 你到底什么时候才能学会为我洗身子呢? 德拉马舍,你四下挥舞着海绵,使点劲儿,我一点也感觉不到。我告诉你别把我弄伤了,可不是说要眼巴巴地站在这儿来着凉。我要像现在这个样子跳出浴盆跑出去了。"

她嘴上威胁着,却并没有真的去做。她自己压根儿也无能为力这样做。德拉马舍好像担心她会着凉,就抓住她把她压到浴盆里,因为那里传来扑腾一声掉进水里的响声。

"你就会来这一招,德拉马舍。"布鲁纳尔达压低声音说,"只要你一做错什么,除了献媚还是献媚。"接着宁静了一会儿。"他正在亲吻她。"罗宾逊说着扬起了眉毛。

"现在有什么事要干呢?"卡尔问道。既然他已经打定主意留在这儿,那他就想着马上担当起自己的职责来。他让没有回话的罗宾逊一个人呆在沙发上,自己开始把那堆昨夜被两个沉重的躯体压成一团的床铺掀起来,以便过后将它们一件一件整整齐齐地叠好。这可能已经好些星期没人管过了。

"去看看,德拉马舍,"布鲁纳尔达说,"我觉得他们要拆散我们的床。什么都要想得到,永远没有个安静。你一定要对这两个家伙严厉些,不然的话他们就会为所欲为。""这肯定是那个该死的小子在发疯似的干活。"德拉马舍喊道,或许要从洗身间冲出来,卡尔急忙扔掉手里的东西。但值得庆幸的是,布鲁纳尔达说:"别走,德拉马舍,千万别走。啊,水这么热,叫人一点力气也没有了。呆在我身边吧,德拉马舍!"这时,卡尔才发现,水蒸气从柜子后面袅袅升起。

罗宾逊惶恐地用手捂着面颊,仿佛卡尔干了什么可怕的事。"把一切统统都保持原来的样子。"这时传来德拉马舍的声音,"难道你们不知道布鲁纳尔达洗好身后总要休息个把钟头吗?什么都搞得一团糟!等着吧,看我怎么来惩治你们。罗宾逊,你可能又进入梦乡了吧!无论出什么事,我都要拿你是问。你要管教好这小子,这儿不是他随心所欲的地方。需要你们的时候,你们一事无成;没有事干的时候,你们又来劲儿了。你们快寻个地方滚开,等有事再叫你们。"

但一切马上就被遗忘了。布鲁纳尔达似乎给热水淹没了,有气无力地低声说:"香水!拿香水来!""香水!"德拉马舍喊道,"你们动不动!"可香水放在哪儿呢?卡尔和罗宾逊面面相觑。卡尔觉察到，这里的一切都得由他独自担当。罗宾逊不知道香水放在哪儿，干脆就趴到地上，两只手臂伸到沙发下摸来摸去，但摸出来的不过是一团团的尘灰和女人头发。卡尔急忙走到紧立在门旁的洗脸台前，但抽屉里放的全是英语小说、杂志和乐谱，塞得满满的。抽屉只要一抽出来，就很难再推进去。"香水！"布鲁纳尔达此刻唉声叹气地说，"要等多久啊？我今天还能得到我的香水吗？"布鲁纳尔达这样急不可待，卡尔当然在任何地方都不可能找个仔细，他得凭借自己最初的直观印象。在洗脸台的抽屉里找不到香水瓶，台上只放着用过的药瓶，其他东西肯定已经拿到洗身间里去了。也许香水瓶放在餐桌的抽屉里。但当他向餐桌走去时——卡尔一心眼只想着香水——，猛烈地同罗宾逊撞到一起。最后，罗宾逊也正好放弃了在沙发下寻找，模模糊糊记起了放香水的地方，像没长眼似的冲着卡尔跑去。只听见两个脑袋砰的一声撞在一起。卡尔不声不响，一动不动；罗宾逊虽说没有停住步子，却极力大喊大叫个不停，想减轻碰撞的疼痛。

"他们不找香水扭打起来了，"布鲁纳尔达说，"这样无法无天，会把我弄病的。德拉马舍，我肯定会死在你的手里。我非得要香水不可。"她接着吃力地站起来喊道："我无论如何要拿到香水。不拿来香水，我就不出浴盆，我要在这儿直呆到晚上。"说完她拳头打进水里，传来水花四溅的响声。

但香水也没有放在餐桌的抽屉里。虽然那里摆的都是布鲁纳尔达的化妆品，比如用过的粉扑、化妆盒、发刷、卷发夹以及许许多多乱成一团的小东西，可就是没有香水。罗宾逊依然喊叫着呆在一个角落里，那里堆放着上百只箱箱盒盒，他也不顾里面的东西，一个接着一个地打开翻腾，里面的东西半箱半盒地掉在地上。那都是些缝纫用品和信件。他不时地摇摇头耸耸肩,告诉卡尔什么也找不到。

这时,德拉马舍身着内衣从洗身间里跳了出来,布鲁纳尔达则在里面抽搐似的哭泣着。卡尔和罗宾逊不约而同地停止了寻找,一齐望着德拉马舍。他全身上下湿透了,而且脸上和头发上还在滴着水。他大声喊叫道:"看来你们是不请就不找了。""你在这儿找!"他先是命令卡尔;"你在那儿找!"然后又冲着罗宾逊说。卡尔实实在在地寻找着,而且还检查了罗宾逊已经找过的地方,但他像罗宾逊一样也没有找到香水。德拉马舍跺着脚在整个屋子里蹀来蹀去,恨不得把卡尔和罗宾逊痛打一顿。罗宾逊在寻找的时候,又极力从一侧望着他。

"德拉马舍,"布鲁纳尔达喊道,"快来擦掉我身上的水吧。这两个家伙非但找不到香水,反而把一切弄得乱七八糟,立即叫他们停止寻找,马上! 放下手里的一切东西! 什么都不许再动! 他们准要把这个房间变成牲口圈。如果他们不停下来,你就揪住他们,德拉马舍。可他们还在干,正好有一个纸箱掉下来了。不要让他们再把它捡起来。一切都别动。让他们从房间里滚出去!把他们关到外面,你到我这儿来。我在水里呆得太久了,两腿全都成了冰的。"

"马上来,布鲁纳尔达,马上就来。"德拉马舍边喊边急急忙忙地送卡尔和罗宾逊到门口。但在放走他们之前,他吩咐他们弄些早点来,并尽可能为布鲁纳尔达向人家借一瓶上好的香水。

"你们这里简直一片狼藉,肮脏不堪。"卡尔到了门外的走廊上说,"我们把早点拿回去后,必须马上开始收拾。"

"要是我不受这样的折磨就好了,"罗宾逊说,"遭这份罪!"罗宾逊肯定很伤心,因为布鲁纳尔达对他与卡尔没有什么区别;他已经伺候了她几个月,而卡尔是昨天才来的。但他命该如此。卡尔说:"你一定要自己克制一些。"为了不让罗宾逊完全陷入绝望之中,他补充说:"这可是一劳永逸的事。我给你在那些柜子后面支一张床。只要到时所有的东西整理得有了个眉目,你就可以一天到晚躺在那里,什么心也用不着去操,那样很快就会恢复健康的。"

"你现在也看到了,我的身体状况是什么样。"罗宾逊说着扭过脸去,顾影自怜,黯然神伤,"可是,难道他们在任何时候都会让我安安稳稳地躺着吗?"

"如果你不介意的话,这事我可以直接跟德拉马舍和布鲁纳尔达谈。"

"难道布鲁纳尔达会考虑吗?"罗宾逊喊叫着。出乎卡尔的意料,他用拳头砸开了他们刚刚来到跟前的一扇门。

他们走进厨房里。从那个看来亟待修缮的炉灶里升起一股黑乎乎的烟雾。炉门前跪着卡尔昨天在走廊里看见的女人中的一个。她光着两手,将大块的煤填进炉火里,并且朝着所有的方向察看着火苗。同时她也呻吟着。上了年纪，跪着实在也不是滋味。

"不用说，这个祸害又来了。"她一看到罗宾逊就这样说；她手扶在煤筐上，吃力地抬起身子，用自己的围裙包起炉门的把手关上了炉门。"现在是下午四点钟，"——卡尔吃惊地望着厨房的钟——"你们还非得吃早点吗？真够呛！"

"你们坐下，"然后她说，"等我有了时间再来照顾你们。"

罗宾逊把卡尔拽到门近旁的一个小板凳上坐下来，悄悄地对他说："我们一定要听她的，因为我们得靠她。我们的房子是从她手里租来的，她随时都可以辞退我们。我们的确不能再换住地了，我们怎么弄得走那些东西呢？首先搬不动的就是布鲁纳尔达。"

"在这条走廊里就没有别的房间可租吗？"卡尔问道。

"真的没有人接纳我们，"罗宾逊答道，"在整栋楼里，没有人愿意接纳我们。"

  于是他们坐在小板凳上等候着。那女人不停地在两张桌子、一个圆木桶和炉灶之间穿来穿去。从她的唠叨中听出，她女儿身体不舒服，因此所有的事都得由她一个来料理，既要伺候三十来个房客，又要为他们准备饭菜。再说这炉子还有毛病，烧起饭来得费好长时间。两只大锅里熬着稠糊糊的汤，那女人多次用汤勺舀起来察看，让它从高处流下去，可汤就是煮不好。想必都怪炉火不旺，因此她几乎是坐在炉门前的地上，用捅火钩在灼热的煤火里拨来捅去。厨房里满是烟雾，呛得她一个劲地咳嗽，有时咳得很厉害，她不得不抓来一把椅子坐下，一咳就是好几分钟。她嘴上不停地叨叨着，说今天不会再供早点，因为她既没时间也没心思。卡尔和罗宾逊奉命来拿早点，却没办法强迫人家马上去做，他们索性听凭这女人的唠叨，像先前一样坐着一声不吭。

椅子和脚凳四周,桌子上下,甚至连一个角落的地上,都堆满了房客用过早点尚未洗刷的餐具。小壶里还残留着一点咖啡和牛奶;有的盘子里还有吃剩下的黄油;饼干从一个翻倒的大铁皮盒里远远地滚到外面。所有这一切,足能凑起一顿早点来。要是布鲁纳尔达不知道这早点的来历,她也挑不出什么毛病。卡尔寻思着,望了一眼厨房的钟,他们在这里已经等了半个钟头。布鲁纳尔达也许发怒了,会让德拉马舍来惩治用人。这时,这女人咳嗽着喊道——卡尔正在凝视着她——:"你们可以坐在这儿,不过早点你们是得不到了,两个钟头后你们得到的将是晚餐。"

"过来,罗宾逊!"卡尔说,"我们自己来凑一顿早点吧!""怎么回事?"那女人扭过头来喊道。"请您冷静些!"卡尔说,"您为什么不给我们早点呢?我们已经等了半个钟头,时间够长的了。人家吃您什么付你什么钱,况且我们肯定比其他人都付得多。我们这么晚来吃早点，你当然很讨厌。可我们是您的房客，习惯晚吃早点，您同样也得体谅我们一点。今天因为您的千金小姐病了，你当然会特别劳累，考虑到这种情况，要是没有别的办法，您也供给不了我们新做的饭菜，我们倒情愿拿这里剩下的东西凑一顿早餐就是了。"

然而，那女人不愿同他们任何人进行友好的协商；她认为就是别人吃过早点剩下的东西也不配给这样的房客吃。但另一方面，她也厌倦了这两个用人的纠缠不休，便抓起一只托盘捅到罗宾逊的身上。他扮起难堪的嘴脸，过了一会儿才意识到，他应该拿上这盘子，接住这女人要挑选的早点。她仓促地往盘子上放了一大堆东西，但整体看上去却不像是一顿端得出手的早点，而更像是一堆脏里巴唧的餐具。女人赶他们走。他们弯着身子急忙向门口走去，生怕再挨骂或挨打。这时卡尔从罗宾逊的手里接过托盘,他觉得这盘子端在罗宾逊的手上不够可靠。

他们远离女房东的门口以后,卡尔放下盘子坐在走廊地上,首先把盘子弄干净,把相关的东西集中起来。也就是说把牛奶倒在一起,把各个盘子里剩下的黄油刮到一块。然后除去所有用过的痕迹,把刀子和勺子擦干净,把人家咬过的面包切平,经过整理整个盘子好看多了。可罗宾逊认为他是多此一举,说以往的早点常常比今天的样子还要难看得多。卡尔不理睬他,自己执意去做,所幸罗宾逊没有伸出他那肮脏不堪的手指搅和进来。为了让他安静些,卡尔马上给了他几块饼干,又从以前装巧克力的罐子里倒给他一堆碎渣,当然同时告诉他,就这一次,下不为例。

他们回到自己门前,罗宾逊正要伸手去抓门把手,卡尔却拦住了他,因为他觉得让不让进去还没有把握。"没问题,"罗宾逊说,"他这会儿无非是在给她梳理头发。"果不其然,在这依然拉着帘子没有通过风的房间里,布鲁纳尔达叉开两腿坐在扶手椅里,站在她身后的德拉马舍深深地低着头,梳理着她那乱蓬蓬的短发。布鲁纳尔达又穿了一件十分宽松的衣裙。而这一件是淡玫瑰色的,也许比昨天穿的那件短一些,因为那编织粗糙的白色长筒袜几乎一直露到膝盖。布鲁纳尔达急不可耐,嫌梳理的时间太长,她吐出厚厚的红舌头在嘴唇间舔来舔去。时不时她甚至会喊叫着"你呀,德拉马舍!"完全甩开他。于是,德拉马舍举着梳子静静地等候着,直到她又将头放回来。

"时间拖得好久啊!"布鲁纳尔达对大家说。接着她特别冲着卡尔说:"如果你想要人家对你满意的话,就要学得麻利些。你别学着这个好吃懒做的罗宾逊的样子。这期间,你们肯定在哪儿吃过早点了。我告诉你们,下一回我可饶不了。"

这太不公平了，罗宾逊也摇着头，嘴唇动来动去，当然没有出声。但卡尔意识到，要想对主人产生影响，只有干出无可挑剔的事来让他看看。因此，他从一个角落里拉出一张日本式小矮桌，盖上桌布，把取来的东西摆放在上面。没有看见这早点来源的人，准会对这一切感到满意。不然的话，正像卡尔告诫自己的那样，有些东西会受到指责的。

幸亏布鲁纳尔达饿极了。当卡尔准备东西的时候，她惬意地向他点点头。她时不时迫不及待地伸出那柔软而肥胖的、甚或可能即刻压碎一切的手为自己取来一口吃的，一次又一次地妨碍了卡尔。"他准备得挺好。"她吧嗒吧嗒地吃着东西说，拉着德拉马舍坐在她身旁的一把椅子上。他顺手将梳子别在她的头发上，以便过后再接着梳。德拉马舍一看见早点也喜形于色。两个人饿极了，四只手急急忙忙地纵横交错在小桌上。卡尔意识到，要在这里使他们心满意足,就必须尽可能地弄来很多吃的东西。他想起自己在厨房里还把各种可以享用的食物放在地上,便说:"第一次,我不知道这些该怎样来安排,下一次我会干得更好些。"但就在他说话的时候,他突然想起自己在同谁说话,他太拘泥在这件事里了。布鲁纳尔达一边满意地向德拉马舍点着头,一边给卡尔递去一把饼干作为奖赏。

Franz Kafka
Das erzählerische Werk

Der Verschollene

残章断篇

1 布鲁纳尔达出游

一天早上，卡尔用轮椅推着布鲁纳尔达走出楼门。时辰已经不像他希望的那么早了。他们本来商量好设法赶在天亮前出游，免得在街巷里惹人注意。可要放在白天，无论布鲁纳尔达怎样试图用一大块灰布把自己遮掩得多么平常，这似乎也是不可避免的。从楼梯上搬她下来的时间拖得太长了。虽说有那个大学生鼎力相助，可他干起这样的事来显然比卡尔差多了。布鲁纳尔达表现得非常坚强，几乎一声不吭，并且千方百计地想减轻他们的负担。但依然没有别的法子；他们每下五级楼梯台阶，就得把她放下来，一方面让自己喘口气，一方面给她一点十分必要的歇息时间。这是一个凉爽的早晨，走廊里吹来一阵阵凉风，就像在地下室一样，可卡尔和这个大学生浑身都汗透了。每当歇息时，布鲁纳尔达便分别扯起那块遮布的两角，亲切地递给他们，他们只好接在手里借以揩去脸上的汗水。这样一来，他们花了两个多钟头的时间才到了楼下。那辆轮椅昨夜已经放在了楼下。可要把布鲁纳尔达抬到轮椅里还得费一番工夫，然后才可以说是大功告成了。因为车轮很高，推起来肯定不重，怕只怕这轮椅会被布鲁纳尔达压散了架。你推着她，当然得承担这样的风险，你也不可能随身带一辆备用车。大学生自告奋勇要弄一辆来推上，这也不过是开开玩笑罢了。于是他们告别了大学生。告别甚至是非常热情的，布鲁纳尔达与他之间的所有不和似乎全都忘掉了。他甚至为以前伤害过布鲁纳尔达而表示歉意，怪罪自己的行为对她的病负有不可推卸的责任。而布鲁纳尔达则口口声声说，一切早已被遗忘，更不用说去弥补了。最后，她吃力地从自己身上一层一层的外衣里找出一块硬币，请大学生能够笑纳留个纪念。这对吝啬出了名的布鲁纳尔达来说是非同小可的礼物。

大学生也确实为此而喜出望外,高兴地把硬币抛向空中,然后,他当然又要在地上去寻找,卡尔也不得不帮着他,最终还是卡尔在布鲁纳尔达的轮椅下面找到了。大学生与卡尔之间的告别则简单多了;他们只是相互握握手,表示相信以后还会有机会见面。到那时,他们之中至少有一个 —— 大学生和卡尔你吹吹我,我捧捧你 —— 会干出让人刮目相看的成就来,只叹迄今还一事无成。随后,卡尔兴致勃勃地抓起扶手,将轮椅推出楼门。大学生手里挥舞着一条手绢,目送着他们远去,直到他们从视野里消失。卡尔一再回头致意,连布鲁纳尔达也恨不得转过身去,但这样的动作对她来说太艰难了。为了给她最后一次告别的机会,卡尔把轮椅推到街头时又往回转了一圈,好让她再看一看大学生。那家伙也瞅准这个机会,使劲地挥舞着手绢。

然后卡尔说,现在不能再耽搁了,路还长

着呢，他们出门的时间已经比预先打算的要晚多了。事实上，时不时已经可以看到一些马车和零零星星去上班的人了。卡尔说这一番话并没有什么别的意思，可布鲁纳尔达出于敏感的心理却听出了弦外之音，于是用那块灰布把自己完全遮盖起来。卡尔丝毫也没有去阻拦她。这辆蒙着灰布的轮椅虽说非常招人注意，但比起不加遮掩的布鲁纳尔达来简直是小巫见大巫了。他小心翼翼地推着，每到转弯时，都要密切地往下一条街道里望望；如果有必要的话，他甚至把车子停下来，自己先走进去几步看看。一旦预见到会发现什么令人难堪的事，他就一直等到避开它为止，甚至不惜选择去走截然不同的另一条道。即便这样，他也决不会陷入没完没了绕道而行的危险之中去。当然，这样那样的障碍也是在所难免的，它们虽说会让人提心吊胆，却又不可能让人一个个都事先预见到。就这样，他们来到了一条稍有点上坡的街道上。极目远眺，大街上空空如也。卡尔充分利用现有的有利条件，走得飞快。突然，从一家黑洞洞的门里闪出一个警察来问卡尔，他这个遮盖得如此严实的车子里究竟推的是什么东西。尽管他严厉地注视着卡尔，但当他拉开遮布，看见布鲁纳尔达那副激动而羞怯的面孔时，他也情不自禁地笑了起来。"怎么回事？"他说，"我还以为你推着十袋子土豆呢，拉开一看原来是一个女人！你们要去哪儿？你们是干什么的？"布鲁纳尔达不敢看警察一眼，只是一个劲地望着卡尔，显然怀疑连他也无力解救她。但卡尔跟警察的交道打得多了，他觉得这没有什么可怕的。"小姐，"警察说，"请你出示所有证件。""啊，是这么回事。"布鲁纳尔达说着便开始惊惶失措地寻找起来，难免让人不对她产生怀疑。"着急是找不到证件的。"警察以明显的讽刺口气说。"怎么会呢？"卡尔不慌不忙地说，"她肯定有证件，只是不记得放在哪儿了。"于是他也开始找起来,而且真的从布鲁纳尔达的背后拿了出来。警察草草地看了看。"要的就是这个,"警察笑嘻嘻地说,"这样一位小姐还称得上是小姐吗? 而你,小伙子,怎么当起中间人和搬运工了? 难道你就不能找一份好些的差事吗?"卡尔只是耸耸肩。这又是当警察的那一套人人皆知的瞎搅和。"好吧,祝旅途顺利!"警察讨了个没趣后说。警察的一番话里显然带着轻蔑,因此卡尔也不打招呼就推着车离去。他宁可要警察的轻蔑,也不要他们的警惕。

紧接着他遇上了一件更令人难堪的事:有一个人推着一辆装着大奶桶的车,想方设法同卡尔套近乎,迫不及待想知道蒙着灰布的车上装的是什么东西。可以看出,他跟卡尔走的不是同一条道。然而,无论卡尔怎样突然地转变方向,他却始终跟在卡尔身旁。起初,他仅仅满足于大呼小叫,诸如"你车上的东西肯定很重",或者"你没把车装好,上面的东西会掉下来的"。

但后来他干脆直截了当地问:"你这遮布下面究竟是什么东西?"卡尔说:"这跟你有什么相干?"但那男子听了这话后更加好奇。卡尔最后说:"是苹果!""这么多苹果!"那人惊异地说,而且不停地重复着这句话。"这可是全部收成了吧。"他随后又说。"是的。"卡尔说。然而,无论他是不相信卡尔也好,还是故意要气卡尔也罢,他依然继续跟着他走。开始——一切都是在行走的时候进行的——,他开玩笑似的将手伸向遮布,最后竟胆敢去扯它。布鲁纳尔达要承受什么样的痛苦呀!顾及到她,卡尔不想同这人发生争吵,于是将轮椅直接推进就近一家敞开的门里,假装这就是自己的目的地。"我家就在这儿,"他说,"多谢你的陪同。"那人吃惊地停在门前,在后面望着卡尔。卡尔从从容容地走着,如果有必要的话,他会穿过整个庭院的。那人不会再有什么怀疑了。但为了最后一次满足自己的恶作剧心理,他扔下车子,踮着脚尖，追上卡尔，猛地扯了一下遮布，把布鲁纳尔达的整个面孔都暴露出来了。"让你的苹果透透风！"他说着就跑了回去。即便这样，卡尔还是一忍再忍，因为他终于摆脱了他的骚扰。随后，他将轮椅推到庭院的一个角上。那儿堆放着几只大空箱子。在它们的保护下，卡尔打算在遮布下对布鲁纳尔达说几句宽心话。可是他不得不劝了她很长时间，因为她泪流满面，非常认真地恳求他，整个白天就呆在这些箱子背后，等到了晚上再走。也许他一个人根本就无法说服她，这样做只能是白费力气。然而，当有人在箱子堆的另一端将一只空箱子扔到地上，整个空荡荡的庭院里回旋起巨大的响声时，她吓得一句话也不敢再说了，并随手将那块布拉在自己身上。卡尔当机立断，马上离开这里，她显然也为此感到高兴。

虽说现在街上越来越热闹了，但车子招来的注意并不像卡尔担心的那么多。也许选择另外的时间出来似乎更明智些。如果有必要再来这样一次行程的话，卡尔宁可大胆地选择在中午时分实施。他没有再遇到什么更严重的骚扰，最后终于拐入一条狭窄而黑洞洞的巷子。二十五号公司就坐落在这里。那个斜眼看人的经管人站在大门口，手里拿着钟。"你为什么总是这样不遵守时间？""路上遇到了很多麻烦。"卡尔说。"麻烦总是少不了的，"经管人说，"不过在这儿不要提麻烦。这一点你要记住！"听到这样的话，卡尔几乎不再当回事；每个人都在利用自己的权力，谩骂下层的人。一旦你习以为常了，这话听起来就跟那富有节奏的钟摆声没有什么两样。但当他把轮椅推进过道时，堆放在这里的肮脏东西让他大吃一惊，虽然他也预料到了。但走近一看，其实并不肮脏。过道的石地板几乎扫得很干净，墙上的画儿也不显旧，人造的棕榈树上只是稍微落了些灰尘，但这一切却显得那么臃肿不堪和令人厌恶，似乎它们都被人肆意用过，无论怎样干净也不可能再恢复原状了。卡尔每去一个地方，总是喜欢思考那里有什么可以改进的，他最感兴趣的就是立即动手去做，并不考虑这样也许会招来没完没了的事情。到了这里，他却不知道从何着手。他慢慢地从布鲁纳尔达身上拿开遮布。"欢迎你，小姐！"经管人拿腔拿调地说。毫无疑问，布鲁纳尔达给他留下了一个良好的印象。卡尔十分满意地看到，布鲁纳尔达一旦觉察到这一点，马上就懂得利用它，正如卡尔欣喜地看到的那样。先前几个钟头的恐惧顿时烟消云散了。他们……

Franz Kafka
Das erzählerische Werk

Der Verschollene

残章断篇

2 卡尔在一个街口……

卡尔在一个街口看见一张广告牌，上面写着："今晨六点至午夜，俄克拉何马剧院在克莱顿马戏场招聘人员。俄克拉何马大剧院在召唤你们！召唤只在今日，千载难逢！机不可失，时不再来！谁憧憬未来，谁就属于我们！欢迎每一位光临！谁想成为艺术家，就赶快来报名！我们这个剧院能使你人尽其才，各显神通！谁看中了我们，我们即在此向他祝贺！但诸位务必从速，赶在午夜前接受召见！十二点整一切都将关闭，恕不接待！谁不相信我们，后果自负！请奔向克莱顿！"

虽然广告牌前站了许多人，但看上去却没有太多的反响。广告比比皆是，没有人再相信广告了。而这个广告比起那些司空见惯的广告来更加令人难以置信。它首先犯了一个大错，上面只字未提报酬的事。按说广告肯定要涉及到报酬，即便它没有太多提及的必要。这个广告似乎忘记了最吸引人的东西。不是人人都要成为艺术家，但人人都想为自己的工作获取报酬。

但这个广告对卡尔却有很大的吸引力。"欢迎每一位光临！"广告上这样说。每一位，这就是说也包括卡尔在内。他把迄今所干的一切全都置于脑后，谁也没有理由因此而责怪他。他当然可以报名争取一个不是什么见不得人的、更确切地说是公开招聘人干的工作。而且广告上公开承诺，也招收像他这样的人。他没有什么太多的要求，只想寻求一个正儿八经的生涯的开端。也许这个开端会在这里显露出来。哪怕广告牌上写的一切自吹自擂的话是谎言，哪怕俄克拉何马剧院只是一个巡回演出的小马戏团，只要它招聘人员，这就足够了。卡尔没有去看第二遍，但他又一次把"欢迎每一位光临"这句话找了出来。

起初，他寻思着徒步去克莱顿，但紧赶慢

赶也得走上三个钟头,说不定一到那里就赶上人家告诉你,所有可提供的位子都已经占满了。照广告上说的,招收名额固然没有限制,但所有类似的招聘广告向来都是这一套。卡尔掂量着,要么放弃这个机会,要么就乘车去。他估算着自己手头还有多少钱,如果不乘车去,手头的钱还够他花八天。他把这些硬币在手心里掂来掂去。一位在旁边观望着他的先生拍拍他的肩膀说:"祝你去克莱顿走运!"卡尔一声不响地点点头,继续数他的钱。但他很快就下了决心,分出乘车所必需的钱,一溜烟地朝地铁跑去。

当他在克莱顿下车时,立刻听到许多长号的吹奏声。那是一片杂乱无章的吹奏声,长号相互没有和声,各自无所顾忌地吹奏着。但这并没有扰动卡尔的心,而更加向他证明,俄克拉何马剧院是个大企业。当他走出车站大楼,极目远眺整座设施时,映入他眼帘的一切要比他所能想象到的大得多。他不理解,一个企业仅仅为了招聘人员,竟然如此不惜耗费巨资。在通往马戏场的入口处,搭了一个长长的低台子,上面有上百个女人装扮成天使,身裹白纱,背上插着大翅膀,吹奏着一支支金光闪闪的长号。但她们不是直接站在台上,每个人的脚下都踩着一个看不见的垫子,天使衣服上那飘拂的长纱把它们遮掩得严严实实。由于这些垫子很高,可能接近两米,这些女人的形象看上去无比高大,惟有她们那小小的脑袋稍稍影响了这高大的印象;她们的头发披散在宽大的翅膀之间和两旁,显得太短,短得几乎让人发笑。为了避免千篇一律的套式,这里使用了高低大小各异的垫子;站在最低处的女人没有超出常人的高度,而她们身旁的同伴却摇摇晃晃地耸立空中,让人觉得她们在一丝微风中也有被刮倒的危险。此时此刻,所有的女人都在吹奏着。

没有太多的听众。大约有十来个小伙子在

台子前走来走去，抬头望着这些女人，与其高大的形象相比，他们显得很渺小。他们相互指指这个，指指那个，但好像没有意图要加入进去，让人接纳。这里仅有一位年纪大些的男子，稍稍靠边站着。他领着妻子和一个还坐童车的孩子。他的夫人一只手扶着车子，另一只手搭在他的肩上。他们虽然观赏着这场表演，但让人看得出他们感到失望。他们大概也指望有一个找工作的机会，但号声弄得他们不知所措。

卡尔的心境也没有什么两样。他走到这位男子跟前，听了一会儿号声，然后说："这里是俄克拉何马剧院招聘接待处吗？""我也想是的，"这人说，"可我们在这儿已经等了一个多钟头，听到的不过是这些号声。哪儿也看不到广告；哪儿也没有人招呼你；哪儿也没有人能够告诉你情况。"卡尔说："也许是人家等到有更多的人凑到一起。现在真还没来几个人呢。""可能吧！"这人说。他们又一声不响了。在这杂乱无章的号声中，也难以听得明白人家说什么。然而，过了一会儿，这女人对丈夫悄悄说了些什么，只见他点了点头，接着她马上对卡尔喊道："你能不能到赛马道那边去问问招聘在哪儿举行？""可以，"卡尔说，"可我得越过这台子，从这些天使中间穿过去呀。""这有什么好难的？"这女人问道。她觉得这趟差对卡尔来说是轻而易举的事，可就是不愿意打发自己的丈夫去。"那好吧，"卡尔说，"我这就去。""你很讨人喜欢。"这女人说。她和丈夫分别握握卡尔的手。那些小伙子一齐跑过来，想从近处看看卡尔怎样上台去。看样子，这些女人吹奏得更来劲了，好像是为了迎接第一位前来求职的人。但卡尔正好从其垫子旁经过的那些人甚至从嘴边拿开长号，身子侧向一旁，目光追随着卡尔。在台子的另一端，卡尔看见一位男子焦躁不安地来回踱着步子，他显然是在等人，以便告诉他们希望得到的一切信息。卡尔正要朝他走去时，忽然听到头顶上有人叫他的名字。"卡尔！"一个天使喊道。卡尔抬头一望，顿时喜出望外。那是芬尼。"芬尼！"他边喊边挥手向上致意。"过来呀！"芬尼喊道，"你不是要打我身旁经过吗？"说完她撩开白纱，那垫子和一道通往台上的狭窄台阶露了出来。"允许上去吗？"卡尔问道。"难道有谁敢禁止我们相互握手不成？"芬尼喊道，愤愤不平地四下张望，看是不是有人前来禁止。但卡尔已经踏上台阶。"慢些！"芬尼喊道，"要不这垫子连同我们两个会一起翻倒的。"最终倒也相安无事，卡尔幸运地踏上了最后一级台阶。"你瞧瞧，"他们相互问候之后芬尼说，"你瞧瞧我找了一份什么样的工作。""这工作挺好的。"卡尔说着四下望了望。邻近的所有女人都把目光投向卡尔，在一边哧哧地笑。"你几乎是最高的。"卡尔说着伸出手，要量出其他人的高度。"你从车站里一出来，"芬尼说，"我立刻就看见了。可惜我站在最后一排，你看不见我，我也无法喊叫你。虽然我吹得特别响，可你没有辨认出我来。""你们全都吹得不怎么样，"卡尔说，"让我吹吹行吗？""当然可以，"芬尼说着将长号递给他，"你可别坏了乐队的情绪。不然人家会开除我的。"卡尔开始吹起号来。他本来以为，这是一把粗制滥造的号，无非是用来制造噪音的，但接手一试才知道，它是把真正的乐器，几乎可以吹出任何细腻的曲调来。倘若所有的号都是同样精致的话，那对它们简直是莫大的滥用。卡尔不受其他号手嘈杂的响声的干扰，鼓足劲儿，吹奏起一支他在哪家酒馆里听到的歌曲。他高兴的是遇上了老朋友，又受到厚爱当着众人吹起长号，而且可还能会很快得到一个好位子。许多女人停止吹奏侧耳静听。当他突然停下来时，发现几乎只有一半的号手在吹奏，随后才又慢慢地恢复了那一片喧闹声。"你是个艺术家，"当卡尔递回长号时，芬尼说，"你来当号手吧！""也招男的吗？"卡尔问。"招,"芬尼说,"我们吹奏两个钟头,然后由那些装扮成魔鬼的男人来接替。一半人吹号,一半人敲鼓。那场面实在太壮观了。整个装扮同样豪华无比。我们的服装不也非常漂亮吗?还有这翅膀?"她用目光向下打量着自己。"你相信我会在这儿得到一份工作吗?"卡尔问。"肯定没问题,"芬尼说,"这可是世界上最大的剧院。正好我们又要在一起了。当然,这还要取决于你得到什么样的工作。也就是说,尽管我们俩都被招聘到这里,但也有可能根本见不上面。""剧院真的有那么大吗?"卡尔问。"这是世界上最大的剧院,"芬尼又一次说道,"我自己当然还没有看到它,但我的一些同事已经到过俄克拉何马。她们说,大得几乎无边无际。""可前来报名的人却寥寥无几。"卡尔边说边指着台下的小伙子和那一家子。"你说得对,"芬尼说,"但你想一想,我们在各大城市都招人。我们的广告队马不停蹄地四处奔波,而且还有许许多多这样的队。""难道说这个剧院还没有开张?"卡尔问。"怎么会呢?"芬尼说,"这是一家老剧院,可它不停地在扩大。""我感到奇怪的是,"卡尔说,"没有更多的人前来光顾。""是的,"芬尼说,"这真奇怪。""也许这种天使和魔鬼的奢华吓跑的要比吸引来的多。""你怎么会说出这样的话!"芬尼说,"但这也是可能的。去把这话告诉我们的头头,也许你因此能帮上他什么忙。""他在哪儿呢?"卡尔问道。"在赛马道上,"芬尼说,"在裁判台上。""这倒让我感到奇怪,"卡尔说,"招聘为什么非得放在赛马场上进行呢?""是这样,"芬尼说,"我们所到之处,都要为最大可能的拥挤做好最充分的准备,赛马场上有的是地方。而在所有平日比赛的终点都设立了招聘接待组,各种不同的接待组兴许有二百来个呢。""可是,"卡尔喊道,"俄克拉何马剧院哪来这么多钱维持这样的广告队呀?""这关我们什么事?"芬尼说,"好啦,卡尔,快去,免得误了事，我又得吹奏了。无论如何要争取在这个队里找个位子，办好后马上来告诉我。记着，我在急切地等着你的消息。"她握握卡尔的手，提醒他下台阶时小心点，又把长号对在嘴唇上，但一直看着卡尔平平安安地下了台子后才又吹起来。卡尔重新把白纱搭遮在台阶上，恢复原先那个样子。芬尼点点头表示感谢。卡尔一边从不同的角度思考着刚才听到的一切，一边朝那个男子走去。这人早已看见卡尔在台上同芬尼说话，便凑到台前等着他。

"你想加入我们的行列？"这人问道，"我是这个队的人事主管，欢迎你加入。"他好像出于客套，始终微微向前欠着身子，一蹦一跳的样子，却不离开原地，手上抚弄着他的表带。"谢谢，"卡尔说，"我看过贵公司的广告，是照着那上面的要求来报名的。""非常正确，"这人赞许地说，"遗憾的是，并不是人人都在这里正正规规地行事。"卡尔想到，他现在似乎可以提醒这人，这个广告队的诱惑手段恰恰因为其无可比拟的庞大声势而失灵了。但他没有把这话说出来，因为这人根本不是这个队的大头头。另外，八字还未见一撇，马上就给人家提出什么改进性建议，似乎是不可取的。因此他只说："外面还有人等着，他也想报名，让我先来打听一下。我现在可以叫他来吗？""当然可以！"这人说，"来的人越多越好。""他还领着妻子和一个坐在童车里的孩子，叫他们也来吗？""当然啰！"这人说，好像在取笑卡尔的疑虑，"我们能够让每个人都派上用场。""我马上就回来。"卡尔说完又跑回台子旁。他朝着那对夫妇挥手示意，喊着让他们全都过来。他帮着把童车抬上台子，同他们一道走去。那些小伙子看到后，相互嘀咕着，然后两手插在衣袋里，怯生生地、直到最后一刻才犹犹豫豫地上了台子，跟在卡尔和那一家子后面。刚从地铁车站里出来的乘客，面对站满天使的台子惊奇得举起了手臂。不管怎么说,从表面上看,好像竞争一下子变得激烈起来了。卡尔为自己来得这么早,也许是第一个而感到高兴。那对夫妇忧心忡忡,提出各种各样的问题,生怕人家提的要求太高。卡尔说他还一点不摸底细,但人家确实给他的印象是,接收每一个人,毫无例外。他觉得尽可放心。

人事主管已经迎着他们走来,对这么多人光顾感到非常满意。他搓着两手,微微欠着身子同每个人打招呼,并将他们列成一队,卡尔排在第一,接着是那对夫妇,然后才是其他人。小伙子们先是挤成一团,过了一阵子才平静下来。他们全都排好队后,号声随之停了下来,这时,人事主管说:"我以俄克拉何马剧院的名义向诸位表示欢迎。你们来得早(但已经快到正午了),还不太拥挤,因此你们的招聘手续很快就会办理完毕。不用问,你们都带着全部证件吧。"小伙子们立即从衣兜里掏出证件来朝人事主管挥来挥去。那个丈夫捅了捅自己的妻子,于是她从童车的弹簧座下拿出一摞证件来。但卡尔却一无所有。难道这会成为他被招收的障碍吗？看来不是不可能。卡尔凭经验知道，只要稍许果敢些，那样的规定是可以轻而易举地绕过去的。人事主管扫视了一番，断定大家都有证件：由于卡尔也举着手，不过是只空手，他满以为卡尔也是样样齐备。"那好吧！"人事主管然后说，示意拒绝了这些小伙子让立即检查证件的要求，"证件将会由各个接待组检查，正如诸位在外面的广告上看到的那样，我们能够让每个人派上用场。不过我们当然要知道，他从前从事什么样的职业，以便我们能合理安排，人尽其才。""这可是个剧院啊。"卡尔疑虑重重地思忖着，专注地倾听着。"因此，"人事主管接着说，"我们在赛马经纪人的房间里设立了招聘接待室，每个接待室分别负责一个职业组。也就是说，你们现在每个人都要向我报出自己的职业，家眷一般随男的去安排。然后我再领你们去各自的接待室,在那里由专业人员先检查你们的证件,再考考你们的知识。这只不过是一场十分简短的考试,谁也用不着担心。完了之后,你们马上就会被录用,并得到进一步的指示。我们现在开始吧！这里是第一接待室,就像这标牌上写的,是专门招聘工程师的。你们当中也许有谁是工程师？"卡尔报了名。他相信,正因为自己没有证件,就得主动尽快闯过所有的手续关。他之所以报名,还有一个小小的理由,那就是因为他真的想成为工程师。小伙子们看他报了名,心里顿生忌妒,也纷纷跟着报名,没有一个不举手的。人事主管向上挺了挺身子,冲着小伙子们说:"你们都是工程师吗？"这时他们又都一个个慢慢地放下手来,只有卡尔依然坚持他的初衷。人事主管虽然用怀疑的目光注视着卡尔,觉得他穿得太寒碜,也太年轻,不大可能是工程师,但他倒没再说什么,也许是出于感激之情吧,至少在他看来,卡尔毕竟给他领来了这么多的求职者。他邀请似的指了指那间接待室，卡尔走了进去，人事主管转身又去安排其他人了。

在招聘工程师的接待室里，有两位先生坐在一张方桌的两旁，比划着两大张摆在面前的名册，一个念着名字，另一个在自己的名册上勾划着所念的名字。当卡尔打着招呼走到他们面前时，他们立刻将名册挪开了，拿来别的大册子摆在面前打开。其中一位显然是记录员的说："请出示你的证件。""很遗憾，我没有带在身上。"卡尔说。"他身上没带证件。"记录员对另一位先生说，并将答话立即写进他的册子里。"你是工程师？"另一位随后问道，看样子他是这个接待室的头头。"我现在还不是，"卡尔脱口而出，"但是——""够了！"这位先生抢先说道，"那你就不归我们接待。请你看看标牌。"卡尔咬紧牙关，这位先生肯定察觉到了，因为他说："用不着着急，我们会让每个人都派上用场。"说完他示意叫来那些在栏杆之间闲荡的听差中的一个:"把这位先生领到负责招收有技术知识的人的接待室去。"听差一丝不苟地遵照命令,牵着卡尔的手走去。他们从许许多多的小隔间之间穿过。在一个小隔间里,卡尔看见有一个已经被录用的小伙子正在同那些先生们握手道谢。不出卡尔所料,在他被领进去的接待室里,过程同在第一个接待室里没有两样,人家一听说他上过中学,便将他打发到辍学中学生接待室里。然而,当卡尔在那里告诉他们自己上的是欧洲的中学时,那里的人也声明不归他们管,又让他去欧洲中学生接待室。这是一个位于最边上的小隔间,比起其他所有的接待室来,它不但小,而且矮得多。那个把他领到这里来的听差十分恼怒,因为他领来领去,多次遭到拒绝。在他看来,这些全是卡尔一个人的过错。他不再等着问完话,就撒手跑掉了。这个接待室也许是最后一个庇护所。卡尔一看到接待室的头头,便吃了一惊,这个人同一位也许现在仍在家乡中学教书的教授很相像。当然马上就可以看出,这种相像只体现在个别部位上。可那副架在宽大的鼻梁上的眼镜,那把爱如至宝的淡黄色络腮胡子,那微微驼起的背以及那总是突然爆发出来的洪亮声音,依然使卡尔惊讶得久久不能平静。幸好他不必太注意听,这里的手续要比别的接待室简单些。虽然这里也登记了他没有证件,接待室的头头又说这是不可思议的疏忽大意,但那位在这里说了算的记录员却对此一带而过。头头先提了几个简短的问题,接着正要准备提出一个较为重大的问题时,记录员则宣布卡尔被录用了。头头改口想说出不同的看法,记录员却抢先打了一个就此了结的手势,说声"录用"后便立即将这个决定登记入册了。他显然认为,当一个欧洲中学生,本身就已经很卑微;再说他自己也讲了,你还有什么理由不相信呢? 就卡尔本身来说,他也没有什么理由来对此进行反驳。于是他走上前去想表示感谢。可当他们问起他的名字时,他又暗暗犹豫了一下。他没有立即回答,害怕让人称呼和登记自己的真名实姓。等到他在这里谋得一份哪怕是最低下的工作,并且干得称心的时候,人们自然就会知道他的名字的,但现在不行。他隐姓埋名由来已久,现在还不是透露真名实姓的时候。他一时想不出别的名字来,因此只好说出他在最后几份工作中用过的名字:"尼格罗。""尼格罗?"头头问道,转过头来做了一个鬼脸,仿佛卡尔现在把自己的不可信任度推到了最高点。记录员也用审视的目光打量了一下卡尔,但随后又重复了一遍"尼格罗",并记下了这个名字。"你填写的名字却不是尼格罗呀。"头头训斥道。"写的就是尼格罗。"记录员从容地说,并打了一个手势,似乎示意头头现在该安排下一步的事了。头头克制着自己,站起来说:"这么说你被俄克拉何马——"

但他没有再说下去。他不能昧着自己的良心做事，继而坐下来说道："你不叫尼格罗！"记录员竖起眉毛，站起来说："那么让我来通知你吧，你被俄克拉何马剧院录取了。我们马上就让你去见我们的上司！"于是又叫来了一个听差，让他领着卡尔到裁判台上去。

在阶梯口下面，卡尔看见了那辆童车，那对夫妇也正好下来了，妻子怀里抱着孩子。"你被录取了吗？"那位丈夫问，显得比先前活跃多了。妻子也神气十足地笑着看了看卡尔。当卡尔回答说他刚刚被录取，现在去见头头时，那位丈夫说："那我向你表示祝贺。我们也被录取了。这好像是一家挺不错的企业，当然谁也不可能一下子就熟悉一切，不过到什么地方都一样。"他们又相互说了声"再见"，卡尔就到裁判台去了。他走得很慢，因为台上狭小的空间里挤满了人，他不想硬挤进去；他甚至停住步子，放眼扫视着巨大的赛马场，它从四面八方一直延伸到远处的树林旁。一刹那，他多么想看一次赛马啊！他在美国还不曾有过这样的机会。在欧洲，当他还是个孩子时，曾经被带去看过一次赛马，但他除了还记得起妈妈牵着他从许许多多不肯让道的人中间挤过去的情景外，别的什么印象也没有了。这样说来他还没有正经八百地看过一场赛马呢。这时他身后有一台机器哒哒地响了起来。他转过身去，只见在这个比赛时公布优胜者名字的器械上打出了下面的字样："考夫曼·卡拉连同妻子和孩子。"由此可见，被录取者的名字是由这儿通报给各个接待室的。

正好有几位先生迎面走来，他们手里拿着铅笔和笔记本，一边走一边热烈地交谈着。卡尔将身子紧贴到栏杆上，给他们让道。他随即向上走去，因为台上现在有空位子了。在一个用木板围起来的平台的角上——整个看上去就像是一座狭长的塔楼平顶——坐着一位先生，他手臂伸开搭在木栏杆上，胸前横挂着一条白色的宽丝带，上面写着：俄克拉何马剧院第十招聘队队长。他身旁的小桌上放着一部肯定也是用于比赛的电话机。队长在见面之前，显然是通过它来获得各个求职者的全部必要情况的，因为他根本不向卡尔提任何问题，而是对一位跷着二郎腿、手托在下巴上靠在他旁边的先生说："尼格罗，一个欧洲的中学生。"仿佛对他说，这个深深鞠躬的卡尔的事就这样办理妥当了。他朝台阶下望去，看是不是还有人来。然而一个人影也没有。他时而侧耳听着另一位先生与卡尔的谈话，但大多还是抬眼朝赛场望去，同时手指敲击着栏杆。这细巧而强劲有力、修长而动作敏捷的指头不时地引起卡尔的注意，尽管另一位先生也够让他忙活的。

"你失业啦？"这位先生首先问道。这个问题以及他后来提出的几乎所有问题都非常简单，一点儿也不让人为难。况且他中间也没有插入其他问题来核实回答。尽管如此,这位先生还是懂得如何去瞪大两眼提出问题,如何前倾着上身观察提问的效果,如何将脑袋垂到胸前听取回答,并不时地大声重复着回答,借以赋予其提问以一种特殊的意义;它虽然让人不解,但对它的预感却使人瞻前顾后,缩手缩脚。这常常使卡尔急切地想把说出去的回答再收回来,用另一个也许会得到更多认可的回答来替代,但他始终克制着自己,因为他心里明白,这样的摇摆不定肯定会给人留下不好的印象。再说答话的效果也绝对是无从估量的。另外,录取他的事好像已成定局,这种意识给了他有力的支持。

对于他是不是失业了这个问题,他直截了当地回答个"是"。"你最后在哪儿供职?"这位先生然后问道。卡尔正要来回答,他伸出食指再次说道:"最后一次!"卡尔已经正确地理解了他的第一次提问,不由自主地摇摇脑袋,认为这最后的说明是多此一举,然后回答说:"在一家事务所。"这还算是实话。然而,如果这位先生要求他进一步说说这家事务所的情况的话,那他就只好撒谎了。但这位先生没有去追问,而是提出了一个绝对容易又完全可以如实来回答的问题:"你在那儿感到满意吗?""不!"卡尔几乎等不到他的话音落地就喊道。卡尔从侧面瞥了一眼,发现这个头头正在微笑;他懊悔自己刚才的回话太欠考虑了。但脱口喊出这个"不"字实在太诱惑人了,因为在他整个以往打工的日子里,始终萦绕在他心头的最大愿望就是盼着有一天,一位陌生的雇主能走进来向他提出这个问题。可他的这个回答还会带来另一个不利,这位先生现在会追问,他为什么感到不满意。但他没有这样做,而是问道:"你觉得自己适合干什么样的工作?"这个问题可能真的别有用心。他干吗要提出这样的问题呢?卡尔不是已经被录取当演员了吗?尽管卡尔看破了他的意图，但还是情不自禁地声明，他自己尤其适合当演员，他因此回避开那个问题，冒着让人觉得自以为是的危险说："我在城里看过那个广告，上面写着人人都能派上用场，所以我来报名。""这个我们知道。"这位先生说，再也不吭一声，以此表明他依然坚持先前提出的问题。"我是受聘当演员。"卡尔犹犹豫豫地说，为了让这两位先生明白刚才提出的那个问题使他陷入困境。"一点儿不错。"这位先生说，然后又不吭声了。"说到这里，"卡尔说，他对找到一份工作的全部希望开始动摇了，"我也不知道我是否适合当演员。但我愿意全力以赴，力争完成好一切任务。"这位先生转向队长，两个人点点头，卡尔似乎回答对了。他重新鼓起勇气，挺起身子等待着回答下一个问题："你本来打算学什么专业？"为了把问题说得更明确些——这位先生说话总是一丝不苟——，他补充道："我是说在欧洲。"这时他从下巴上挪开手，身子微微动了动,好像借此同时要暗示,欧洲多么遥远,而在那里构想的目标又是多么没有意义。卡尔说:"我想成为工程师。"他虽然很不情愿这样来回答,因为明明完全意识到自己迄今在美国的经历,而又在这里重温昔日那曾经想成为工程师的梦想,这未免太可笑了。即使在欧洲,难道有朝一日他会成为工程师吗? 他一时找不到别的回答,只好这样说了。这位先生像严肃对待一切事情一样拿这话当真。"要说当工程师,"他说,"大概是一下子不可能的。可是也许你暂且适合于去干些比较简单的技术工作。""当然可以。"卡尔说。他非常满意。如果他接受了这个提议,虽说从演员降到了技术工人,但他相信干这样的工作实际上更能展示自己。另外,他并不太在乎干什么样的工作,而更重要的是能够在某个地方长久地稳住脚跟,他一再重复告诉自己。"你干繁重点的工作有足够的力量吗?"这位先生问道。"怎么会没有呢?"卡尔说。于是这位先生把卡尔叫到自己跟前来,摸了摸他的手臂。"是个强壮的小伙子。"他牵着手臂把卡尔领过去让队长看。队长微笑着点点头,坐在那儿身子挺也不挺地同卡尔握了握手说:"我们这里就算办妥了。一切还要在俄克拉何马再审查。祝愿你为我们的招聘争光!"卡尔鞠了个躬表示告别。然后他也想同另外那个先生道别,可这人仰望上方,早已在平台上踱来踱去,似乎完全彻底地完成了自己的工作。当卡尔走下去的时候,台阶一旁的显示牌上亮出了"尼格罗,技术工人"的字样。这里的一切都进行得有条不紊。要是这显示牌上此刻亮出他的真名实姓的话,卡尔不会再感到有什么遗憾了。一切安排得甚至异常精心,因为在台阶脚下,已经有一个听差在等着卡尔,随即给他胳膊上系了一个袖章。卡尔举起手臂想看看袖章上写的是什么,只见上面端端正正地印着"技术工人"几个字。

现在卡尔会被带到哪儿去呢？他首先想告诉芬尼，一切进行得是多么顺利。但让他遗憾的是，听差告诉他，那些天使和魔鬼已经启程去了招募队伍的下一个目的地，在那儿预告招募队伍明天就到。"很遗憾！"卡尔说，这是他在这家公司里经历的第一次失望，"那些天使中，有我一个熟人。""你将会在俄克拉何马再看见她的。"听差说，"现在随我来。你是最后一个。"他带卡尔顺着天使们先前站过的台子后面走过去。现在留在那儿的不过是一个个空座子。卡尔原本以为，没有天使的音乐，会拥来更多的求职者。看来这种想法是不对的，因为眼下这台子前没有了大人，仅有几个小孩在争夺一支白色的长羽毛。它可能是从天使的翅膀上掉下来的。一个男孩将它举得高高的，其他的孩子试图用一只手把他的脑袋压下来，用另一只手去抓羽毛。

卡尔指指那些孩子，可听差看也不看就说

道:"你走快点! 你是拖了好久才被录取的。人家肯定有什么疑问吧?""我不知道。"卡尔惊奇地说,但他不相信是那样。反正就有那么一些人,哪怕是在十分明了的情况下,也想方设法给他人制造忧愁。然而,当他们来到宽大的看台前,面对一片亲切友好的场景时,卡尔很快就忘掉了听差的那番话。看台上,有一整排长凳被一条白布遮盖着。所有被录取的人都背朝着赛马道,坐在下一排凳子上接受款待。人人喜气洋洋,情绪激昂。正当卡尔无声无息地最后一个坐到凳子上时,许多人一齐举着酒杯站起来,其中一位向第十招聘队队长祝酒,称其为"求职者之父"。有人提醒大家从这里可以看见他。实际上,裁判台连同那两位先生离这儿并不远,一切都在目力可及的范围之内。于是人人都朝着那个方向举着自己的酒杯,卡尔也抓起摆在面前的酒杯。但是,不管人们喊得多响,也不管人们怎样竭力去显露自己,那边裁判台上却没有一点迹象表明，人家注意到或者至少有注意这喝彩的意图。那个队长一如既往地靠在角上，另外那位先生手托着下巴站在他身旁。

人们有些失望地又坐下来。时而还有人朝裁判台转过身去，但不一会儿个个都只顾埋头到丰盛的菜里去。烤得香酥可口的肥大鸡鸭——卡尔还从未见过如此大的鸡鸭——上面插着许多叉子，端上端下，传来递去；服务员轮番不停地斟着葡萄酒，没有人对此有所觉察，个个将头埋在自己的盘子上，只见那红葡萄酒的流柱落入杯里。谁要是不想参与共同的谈论，便可以欣赏俄克拉何马剧院的风光图片。它们就堆在长餐桌的一端，供大家相互依次传看。然而，人们并不十分关注这些图片。卡尔是最后一位，等传到他手里时，仅仅只剩下一张了。但凭这张图片可以推断，所有的图片想必都值得一看。这张图片展示的是合众国总统的包厢。一眼看去，人们会以为这不是包厢，而是舞台。那成大弧形的胸墙伸到空中，上面大大小小的构件金光闪闪。在那些犹如用世上最精巧的剪刀剪切而成的小柱之间，并排镶嵌着历届总统的浮雕像。其中一位长着一个异常笔直的鼻子，嘴唇往外翻起，在肿胀的眼皮下睁着一对呆滞垂陷的眼睛。从侧面和顶上投来的灯光照耀在包厢的周围；白色而柔和的光芒映照出包厢前面的辉煌。正面的四边垂挂着由拉绳来控制的红色金丝绒帘子，褶皱的色彩浓淡相间。包厢的深处则呈现出一片暗暗的、闪烁着微红色光亮的空洞。一切看上去是那样富丽堂皇，人们几乎想象不到这个包厢是供人来光顾的。卡尔一边用餐，一边不时地看看这张放在自己盘子旁边的图片。

他还想看看其余的图片，即使一张也行。但他自己却不愿意去拿，因为有一个服务员把手压在那摞图片上，也许是要让大家按顺序来看。于是他尽力扫视着这长餐桌,看看还有没有图片传过来。这时他吃惊地发现——起初他根本就不敢相信——在这些埋头猛吃猛喝的人中有一张好熟悉的面孔。那是吉亚柯莫。他立刻朝他跑过去。"吉亚柯莫!"他喊道。吉亚柯莫像以往一样,一吃惊就露出羞怯的神色。他放下刀叉挺起身,在两排长凳之间那狭小的空间里转过身,用手抹抹嘴。他一看见卡尔就非常高兴,便请他坐到自己旁边来,或者自己过去坐到卡尔跟前。他们都有一肚子话要相互倾吐,要永远呆在一起。卡尔不想打扰其他人,暂且各自先坐在自己的位子上。宴席马上就结束了,然后他们当然要永远友好相处,相依为命。但卡尔依然站在原地不动,只是看着吉亚柯莫。往事一幕幕地涌上心头:厨房总管在哪儿?特蕾泽在干什么呢?从外表上看,吉亚柯莫一点没变。厨房总管曾预言说,他出不了半年准会变成一个瘦骨嶙峋的美国人。这话没有应验。他像从前一样柔弱,面颊像从前一样塌陷,但这会儿却鼓得圆圆的,因为他嘴里正嚼着特大一块肉,他慢慢地从里面剔出多余的骨头,将它扔到盘子里。卡尔从他的袖章上可以看出,吉亚柯莫也没有被录取当演员,而是当电梯工。俄克拉何马剧院好像真的能使每个人都派上用场。

卡尔沉溺在对吉亚柯莫的注视中,离开自己的位子太久了。他正要往回走时,人事主管来了。他站在高处的一排长凳上,拍拍手掌,简短地讲了一番话。这时绝大多数人都站起来了。那些还忙着吃喝而不肯站起来的人最终也被相邻的人捅得无可奈何地站了起来。"我想,"他说,这时,卡尔已经踮着脚跑回自己的位子上,"诸位对我们的款待会感到满意的。大家普遍称赞我们这个招募队的饭菜。可惜我不得不宣布散席,因为送我们去俄克拉何马的火车过五分钟就开。虽说这是一次长途旅行,但你们将会看到，一切都为你们安排得十分周到。我这里向你们介绍一下，这位先生负责你们的旅程。你们都得听从他的安排。"说完一个瘦弱矮小的先生爬上人事主管站着的长凳，也顾不上匆匆地鞠个躬，马上就神经质地伸开两手，比划着让大家怎样集合、排队和行动。起初大家并没有听他的，因为先前讲过话的那个人从人群里冒了出来，用手拍了拍桌子，开始了一场冗长的答谢演说；他不顾——卡尔焦急不安——刚才已经宣布火车马上就要开了，也毫不在乎人事主管压根儿就没有听，而是忙着向那位负责旅程的先生面授各种机宜；他大言不惭，夸夸其谈，一一数说着端上来的每一道菜，又一一加以评论。最后他总结似的高声喊道："尊敬的先生们，你们就是这样赢得了我们。"除了说给那两个听的人，大家都哈哈笑了起来。但这笑声是发自内心，而不是戏谑。

另外，为了这个演说，他们付出了代价，

现在不得不跑步赶往车站。不过这也没有什么大不了，因为——卡尔此刻才发现——没有人携带行李。惟一的一件行李就是那辆童车。它处在队伍的最前列，由那位父亲驾驭着，就像站立不住似的蹦上蹦下。一群穷困而可疑的人在这儿汇聚到一起，竟受到这样好的款待和保护！他们被完全交到了这位负责旅程的先生手里。他自己一会儿用一只手抓住童车的扶手，举起另一只手鼓动队伍前进；一会儿退到队伍的末尾去督促；一会儿又顺着队伍的两侧跑来跑去，注意着队伍中间个别掉队的，竭力挥动着手臂告诉他们应该怎样跑。

当他们到达车站时，火车就要开了。车站里的人相互指指点点地议论着这支队伍，只听见诸如"这些全都是俄克拉何马剧院的人"的喊叫声。这剧院好像比卡尔想象的要有名得多，可他从来也没有关心过剧院的事。整个一节车厢都是特意为这队人马准备的。那位负责旅程的先生比那位列车员更着急,他先上了车。他先是看看各个包厢,这儿说说,那儿指指,然后自己才入了座。卡尔幸好坐在靠窗的位子上,并且拉着吉亚柯莫坐到自己身旁。他们相互挨得紧紧的,个个都打心底里为这次旅程而感到高兴。在美国,他们还没有这样无忧无虑地旅行过。当火车开始起动时,他们向窗外挥起手来,而坐在他们对面的那些小伙子相互捅来捅去,觉得这样很可笑。

Franz Kafka
Das erzählerische Werk

Der Verschollene

残章断篇

他们行了两天两夜……

他们的列车行驶了两天两夜。卡尔现在才见识了美国的辽阔。他不知疲倦地望着窗外，吉亚柯莫也挤过来凑在一起。坐在对面的小伙子一路上忙于玩扑克。等他们玩腻了的时候，便自愿将靠窗的位子让给吉亚柯莫。卡尔向他们表示感谢——吉亚柯莫的英语并非人人都能听得懂。随着时间的推移，他们变得友好多了。同在一个包厢里，这也没什么好奇怪的。但他们的友好也往往让人讨厌，比如说，每当他们寻找掉在地上的牌，总少不了狠劲地拧一下卡尔或吉亚柯莫的腿。吉亚柯莫只要一受惊，就大喊大叫，然后把腿收得高高的。卡尔偶尔也踩一脚去回敬一下，但其余的都一声不吭地容忍了。凡是发生在这个即便敞开着窗户也烟雾缭绕的小小包厢里的一切，都悄然无声地消失在窗外映入眼帘的景色中了。

头一天，他们驶过一座高山。那深青色的山石犹如尖峭的楔子直伸到车厢边。人们把身子探出窗外，徒劳地寻视着那悬崖峭壁的顶峰；黑洞洞的、狭长的、撕裂而成的深谷顿然张开，人们只能用手指比划着它们消逝的方向；宽阔的山间河流奔泻而来，在连绵起伏的丘陵上掀起一排排大浪，夹带着千千万万个浪花；它们擦着火车驶过的桥下奔腾而去，卷起的一股股寒气拂面而来，让人战栗。